U0909450

赌徒

[俄] 陀思妥耶夫斯基　著
刘宗次　译

人民文学出版社

ИГРОК
ДОСТОЕВСКИЙ Ф. М. ПОЛНОЕ СОБРАНИЕ СОЧИНЕНИЙ В ТРИДЦАТИ ТОМАХ / АН СССР, ИНСТИТУТ РУССКОЙ ЛИТЕРАТУРЫ (ПУШКИНСКИЙ ДОМ), ТОМ Ⅴ. НАУКА, ЛЕНИНГРАДСКОЕ ОТДЕЛЕНИЕ, 1972-1990.

图书在版编目(CIP)数据

赌徒/(俄罗斯)陀思妥耶夫斯基著;刘宗次译.—北京:人民文学出版社,2021(2026.2重印)
(陀思妥耶夫斯基中篇心理小说经典)
ISBN 978-7-02-016976-4

Ⅰ.①赌… Ⅱ.①陀…②刘… Ⅲ.①中篇小说—俄罗斯—近代 Ⅳ.①I512.44

中国版本图书馆 CIP 数据核字(2021)第 023874 号

责任编辑 李丹丹
装帧设计 黄云香
责任校对 孟天阳
责任印制 王重艺

出版发行 人民文学出版社
社　　址 北京市朝内大街 166 号
邮政编码 100705

印　　刷 三河市中晟雅豪印务有限公司
经　　销 全国新华书店等

字　　数 133 千字
开　　本 850 毫米×1092 毫米 1/32
印　　张 8.875 插页 1
印　　数 14001—17000
版　　次 2021 年 11 月北京第 1 版
印　　次 2026 年 2 月第 5 次印刷

书　　号 978-7-02-016976-4
定　　价 52.00 元

揭示人之奥秘的『最高意义上的现实主义者』

“人是一个奥秘。应该解开它，如果你毕生都在解开它，那你不要说损失了时间；我在研究这个奥秘，因为我想做人。”1839 年，尚未年满十八岁的陀思妥耶夫斯基在给兄长写的一封信里写下了这句著名的话，每每论及作家创作特点时这句话经常被引用。

一

陀思妥耶夫斯基的处女作，也是其成名作《穷人》，从内容到形式已经在践行揭秘的构想。早在十九世纪六十年代，新土壤派文学文化批评或曰“有机批评”理论的提出者格利高里耶大就撰写了一篇文章，名为《费·陀思妥耶夫斯基与感伤白然主义流派》,对《穷人》的体裁做了在我看来最为精准的认定。虽然感伤主义文学作为一种文学流派在十九世纪四十年代的俄国文坛已经销声匿迹，但《穷人》在很多方面与感伤主义文学有着千丝万缕的联系。

首先，想必当时的读者看到小说的题目，十有八九会立即联想到引领过半个世纪前俄国阅读风尚的感伤主义代表作家卡拉姆津的《可怜的丽莎》，因为两部作品中的“穷”和“可怜”使用的是同一个俄语词汇。相信阅读完小说的读者脑海中留下的主要印象应该不是“穷”，而是“可怜”和心疼，男女主人公的最后一封信尤其促成了这一印象的形成。女主人公瓦尔瓦拉最终被迫嫁给只闻其名不见其人的贝科夫先生，不得不与“弥足珍贵”的男主人公马卡尔·阿历克谢耶维奇·杰武什金分离，在道别信里她写道：“现在我的心里堵得满满的，堵满了泪水……泪水憋得我不能透气，撕碎了我的心。再见吧。上帝啊！我是多么忧伤！记住我，记住您可怜的瓦连卡！”这里的关键词不是“穷”，而正是“可怜”；当男主人公最后语无伦次地写出这些话：“他们正在把您带走，您要走了！现在他们就是把我的心从我的胸腔里剜出来，也比把您从我这里带走的好！……啊，天哪，天哪！……您是一定要跟贝科夫先生到草原上去了，而且是一去就不回来了！啊，小宝贝！……不，您还要给我写信，您还要给我写一封信，把一切都告诉我……不然的话，我的美妙的天使，它岂不就成了最后一封信了，可是要知道，说什么也不能让这封信成为最后一封。怎么会突然之间，的的确确成为最后一封！……”这时候我们能体会到男主人公力透纸背的悲伤和失落，这封恐怕到不了收信人手里的信让我们感受到的是可怜和心疼，同时也能更深刻地理解同居一个院落、隔窗相望的男女主人公通过书信相互联系的根本原因：对于处于孤独之中的人，可以倾诉是最重要的，感受到被需要是存在的意义，而书信无疑要比面对面的交流更自由、更酣畅淋漓，甚至更肆无忌惮。虽然九级小官吏杰武什金贫穷，但他心甘情愿放弃好一些的住宅去租一个小破屋子，为的是给他的“小天使”瓦尔瓦拉租一个好的房子，放弃包括喝茶这样最基本的生活需求，为的是让他的“心肝”可以享用美味的茶点，放弃买一双梦寐以求的靴子、换件像样的大衣，为的是让他的“小宝贝”可以像其他太太小姐一样打扮起来，而做这一切或努力做到这一切是他的幸福源泉，让他心有所依，而瓦尔瓦拉的离开却让他的心空了、慌了、乱了，变成了一个深不见底的大洞。由此可以发现，小说的主题不是社会问题“穷”，而是心理问题“孤独”以及由此引发的“可怜”。所以说，小说的结尾同样应和了感伤主义文学的传统套路，即相爱的人因为外在环境的压迫而不得不分离，虽然小说描写的不是男女之间狭义的爱情。

其次，小说采用的是书信体的形式，由 31 封男主人公马卡尔·杰武什金的信函和 24 封女主人公瓦尔瓦拉·多布罗谢洛娃的书信组成，而书信体是感伤主义文学的传统文学形式，冲破古典主义文学条条框框的感伤主义文学作家热衷于书信体的主要原因，是让往往身为普通人的主人公通过书信敞开心扉，直抒胸臆，表达细腻的、百转千回的情感起伏，使读者尽可能地走进人物的内心世界。初入文坛但立志解开人之奥秘的陀思妥耶夫斯基采用书信体写作第一部大部头作品，是情理之中的事。顺带说一句，在此之后两年出版的长篇小说《白夜》采用男主人公“独白”的形式，同样是挖掘人这个奥秘的自然需求。

最后，小说的语言，尤其是杰武什金的语言和语言风格，具有鲜明的个性特点。有意思的是，小说甫一问世，这一特点就引起了读者和评论家的注意，甚至包括疑惑和诟病。具体说来，一是啰嗦或曰话多，二是比比皆是的小词①的运用，这些

◇◇◇◇◇◇◇◇◇◇◇◇◇◇◇◇◇◇◇◇◇◇◇◇◇◇◇◇◇◇

① 小词指俄语中的指小表爱词语。——编者注

小词既包括大量的语气词，也包括上百指小表爱的词语，比如"小天使""小宝贝""小花",甚至"小子宫"。"子宫""小子宫"在俄语中通常是对女性，尤其是对年轻姑娘的温存爱称，但满篇的"小子宫""亲爱的小子宫"依然引起了作家同时代读者的生理不适。①

这样的语言风格在当时直接引发的怀疑就是：一个在官僚机构中整天抄抄写写、在枯燥公文中度过了三十年时光的小官吏会这样说话吗？这样说话恐怕不会，但这样写却并不丧失真实。实际上，如果关注陀思妥耶夫斯基的全部创作就不难发现，其作品人物，尤其是社会底层小官吏的这种絮叨和滥情并不鲜见，比如《罪与罚》中的马尔梅拉托夫，比如《卡拉马佐夫兄弟》中伊留沙的父亲，等等。需要注意的是，俄罗斯感伤主义文学语言方面的一大典型特点恰恰是指小表爱词语的运用，须知在《穷人》之前二十年面世的格里鲍耶多夫的剧作《聪明误》中，对索菲亚和莫尔恰林的讽刺正是通过二者模仿感伤主义文学主人公而广泛使用指小表爱词语体现出来的。

《穷人》不仅具有浓郁的感伤主义文学特点，同时应当指出，

① 这或许正是翻译家磊然在译本中没有采用这一直译的原因。——编者注

发表在涅克拉索夫以支持和弘扬自然主义流派为宗旨而出版的《彼得堡文集》上的《穷人》,无疑应和着时代的呼声,真实、自然、深入地描绘普通人的琐碎日常生活和情感是小说的核心内容。在小说主人公,尤其是男主人公的书信中,我们看到了彼得堡大街小巷的灯红酒绿、声色犬马,办公室里各色人等的冷酷和温情,出租屋里不同房客的傲慢和卑微,父子之间的隔膜和亲情,等等。小说由此丰富了俄罗斯文学中的“小人物”画廊,至少可以说,以书信体呈现的“小人物”杰武什金比普希金《驿站长》中的维林更丰富,比果戈理《外套》中的巴什马奇金更立体,彼得堡底层“小人物”在陀思妥耶夫斯基这里有了自己的声音,开始讲述自己以及与自己类似的人的故事,开始讲述自己的生活。

纵使涅克拉索夫读完《穷人》以后发出“新的果戈理出现了!”这样的惊叹,但文学评论家瓦列里昂·迈科夫的认识应该更为准确。在《穷人》发表的同一年,迈科夫写了《略论一八四六年的俄国文学》一文,明确指出:“果戈理也好,陀思妥耶夫斯基也罢,表现的都是现实的社会。但果戈理主要是社会诗人,而陀思妥耶夫斯基主要是心理诗人。对于一个人来说,个体作为某个社会或某个圈子的代表而言重要;对于另一个人来说，社会本身因其对个体的个性产生影响而言有趣。”

迈科夫在陀思妥耶夫斯基刚刚进入文坛时就如此精准地发现了他创作的典型特征，尤其是这种特征贯穿了作家未来的全部创作，我们不得不佩服评论家的洞察力及其眼光的预见性。而作家的这一创作特点正源于其解开人这个奥秘的初衷。

二

紧跟《穷人》完成的中篇小说《双重人格》可以被看作前者的姊妹篇，作家在这里更深地进入一个“小人物”亦真亦幻的内心世界，全方位地展示出内心裂变的孤独之人的所见、所思、所感。虽然小说采用的是第三人称叙述形式，但通篇读下来，读者不难产生第一人称的叙述感受，因为小说的所有人物、事件以及对这些人物情感和事件的体察与认识都是通过主人公戈利亚德金的眼睛和内心折射出来的，比如其仆人彼得鲁什卡的爱搭不理、莫名其妙的讪笑，比如其同事们诡异的交头接耳、窃窃私语及其时而惊讶捂嘴时而放肆大笑的反应，这一切行为之中，在主人公看来，都隐藏着不可告人的阴谋，而小说自始至终都笼罩在这个不可告人的阴谋里。从小说第一章主人公“上星期由于某种需要”拜访了“医学与外科学博士”开始，到最后一章被这个博士带走（虽然我们不得而知将把他带去哪里，但带去精神病院应该是大概率事件）结束，读者被主人公引领着、感悟着这个阴谋，或如小说初次问世时副标题标示的“戈利亚德金先生的历险”。“某种需要”是什么呢？是感受到被迫害、感受到周围都是“敌人”因而需要得到专业的救助，被害情绪需要得到排解，换句话说，从这个时候开始，用医学术语描述，小说主人公成了被迫害妄想症患者，而这个阴谋就是整个世界都在与自己作对，都要迫害自己，所谓“历险”，也就是遭受迫害的危险和感受。小说的最后一句话“呜呼！他对此早已经有预感了”，与小说最初的副标题形成了呼应，而实际上，这种预感在小说中是随时随地存在的，正因为这种预感如影随形的存在，读者也就不由自主地产生了切实的被代入感、身临其境感。

《双重人格》之所以可以被看作《穷人》的姊妹篇，是因为二者的主人公具有诸多共同之处：都是小官吏，都孤身一人、形单影只，都恐惧周围的人和事，都深切感受到同僚的鄙视，都渴望得到认可和肯定。同时，不同之处同样也是显著的，这种不同和差异使两部作品构成了相互充实和丰富的关系。我们前面说过：对于处于孤独之中的人，倾诉是最重要的，感受到被需要是存在的意义。能够倾诉、可以奉献让杰武什金感到自己的存在有价值，而丧失了倾诉对象和奉献渠道让他万念俱灰。《双重人格》的主人公比他更为可悲和无助，他从来没有被任何人需要过，从来没有机会向任何人倾诉内心的情感，他要说的话、希望表达的想法从来没有完整地表达过，唯一的一次敞开心扉、酣畅淋漓地把“某些秘密和隐私坦诚”相告的对象是他的双重人小戈利亚德金，得到的结果却是对方的背叛和羞辱。

值得思考的是，小戈利亚德金对于大戈利亚德金来说究竟是一个怎样的存在？双重人格的两重性，其一是显在的行为举止，其二是隐秘的、受到抑制的欲望和心思。戈利亚德金的显在人格表现在官本位社会里的处处小心、谨小慎微、维持外在的“体面”，而隐秘人格则通过小戈利亚德金得到了淋漓尽致的体现，小戈利亚德金对大戈利亚德金的感受是复杂的：既为其行为感到不齿，又对其暗暗地怀着钦羡，不然小戈利亚德金一次次首当其冲出现在他脑海里的形象怎么总是脱不开春风得意、左右逢源呢？他为什么又总是会留意到对方是在办“特差”呢？实际上这不正是他梦寐以求的自己的模样吗？

可现实中他的感受却是：“把我像块破布头似的擦来擦去，

我绝不答应。……我不是破布头；先生，我不是破布头！”“不过话又说回来，我们也无意争论。如果有人想要，比如说，如果有人硬要把戈利亚德金先生变成一块破布头，要变就变呗，既不反抗，也不会受到惩罚（有时候戈利亚德金先生自己也感觉到了这一点），于是一块破布头就出来了，戈利亚德金成了不是戈利亚德金——就这样，变出了一块又脏又下贱的破布头，但是这破布头可不是一块普通的破布头，这破布头也有自尊心，这破布头也有生命、也有感情，虽然这是一种不敢反抗的自尊心和不敢反抗的感情，远远地躲在这块破布头的肮脏的折缝里的感情毕竟也是感情呀……”

现实中卑微怯懦、任人欺凌的小官吏戈利亚德金与其幻想中不择手段但讨同事喜欢、平步青云的戈利亚德金形成了撕裂。迈科夫在《略论一八四六年的俄国文学》中指出，《双重人格》表达的是由于意识到撕裂而“毁灭的灵魂的解剖学”，小说主人公的恐惧及其社会无助感正是由撕裂引起的。格利高里耶夫同样使用了医学术语评价《双重人格》，认为它“是病理学，不是文学”。不管是解剖学还是病理学，这类评价都是从不同侧面发现并肯定陀思妥耶夫斯基的小说对人物灵魂的挖掘之深。

当陀思妥耶夫斯基的这一创作特点被普遍认可、他本人不断被认定为心理学家的时候，他却强调自己不是心理学家，而是“最高意义上的现实主义者”。换句话说，对于作家来说，人的心理现实、隐藏在人心幽暗“地下室”里的现实，是最高意义上的现实，解开这个现实的奥秘才能解开人这个奥秘。

三

任何一个人都不能对另一个人盖棺论定，不管他自以为如何了解另一个人，每个人都有不为人知，甚至不为自己所知的一面，这一面可能是美好的，也可能是阴暗的，这里体现的正是人性的复杂，或者如陀思妥耶夫斯基所言，是极其隐秘的“最高意义上的现实”。一八五四年，陀思妥耶夫斯基在写给哥哥的一封信里表达了类似的认识：“……人不管在哪里都是人。我四年里在苦役地的强盗中间终于剥离出了人。你是否相信：存在深刻的、强有力的、美好的性格，在粗鲁的外壳底下寻找金子有多么快乐。而且不是一块、两块，而是好几块。”对人的这种认识不时回响在作家不同时期的创作之中。

人性复杂的原因之一在于人有冲动，俄罗斯人更是如此。陀思妥耶夫斯基更擅长的是表现冲动的恶果，或如别尔嘉耶夫所说的冲动的“岩浆”。在一八七三年《作家日记》的《伏拉斯》一文中，作家集中探讨了这个问题。借着俄国乡村两个小伙子打赌谁敢对着圣餐（即耶稣的身体）开枪的机会，作家深入观察了俄罗斯人会争论、会打赌“谁比谁做得更放肆”的现象，发现了“在最高程度上对我们从整体上表现出整个俄罗斯民族”的“民族典型”：“首先是在一切方面忘记一切尺度……这是一种跨越边缘的需求，一种对呼吸停止感觉的需求，达到深渊，半个身子吊在里面，往无底洞里张望，在个别但却十分不稀有的情况下像个疯子似的大头朝下扑进去……”

这种忘记一切尺度的冲动对于陀思妥耶夫斯基本人是不陌生的。在国外一度沉迷赌博、总是赌得身无分文、预支稿费也要赌、终至债务缠身面临牢狱之灾的经历，无疑是陀思妥耶夫斯基创作小说《赌徒》的现实基础和直接动机，是促使其思考冲动这个魔鬼的根本原因。小说《赌徒》的主题就是冲动、狂热、失控，各种形式的、忘记一切尺度的冲动、狂热和失控。

二十五岁的主人公阿列克谢本是个聪明的、有教养的、善良的年轻人，狂热地爱上他担任家庭教师人家的继女波琳娜，贫穷、地位卑微的他渴望一夜暴富，以为有钱就有一切，因此一次偶然的机会进入赌场后，他一发而不可收，成为金钱的奴隶，更准确地说，是成为赌博的奴隶。虽然他自以为还爱着心上人，可相比于爱情来说，赌博的力量更不可阻挡，爱人则早已退居次要位置了，在赌桌前赢钱让他觉得自己是个王，是个神，是世界的主宰，就像他自己说的，"忽然被可怕的冒险狂热所征服"。也就是说，他觉得自己是世界的主宰，可事实上是赌博主宰了他。应该说，聪明、目光锐利、言辞犀利的七十五岁老奶奶安东妮达·瓦西里耶芙娜同样被这种"可怕的冒险狂热"攫住了，卷入赌场而不能自拔，第一次上瘾输掉数量可观的金钱，第二次干脆把全部现金和部分有价证券都输了个精光，对自己的轻浮行为已有所悔恨、打算回国的她，却在火车启动前二十分钟决定"我不赢回来死不瞑目！"，并最终输掉了几乎全部家产，这个被小说中众多人物心心念念的"钱袋"借了钱才得以返回俄罗斯。

小说《赌徒》还通过男女主人公纠结的爱情关系呈现了作家在其他更为著名的作品中的主题——"驯服吧，骄傲的人"，这一主题在很大程度上与失控的情感有着直接的关系：女主人公波琳娜的心实际上一直属于阿列克谢，但她在现实中的表现却十分傲慢，甚至冷漠，当阿列克谢把赢来的、让她可以借此捡回脸面的五万法郎交给她的时候，她却决定彻底破罐子破摔，委身于阿列克谢之后把本该摔到抛弃她的法国侯爵脸上的钱摔到了阿列克谢的脸上，这无疑是小说的一个高潮。人与人之间，尤其是男女人物之间这种说不清理还乱的关系，在陀思妥耶夫斯基的作品中比比皆是，而其中的根本原因，在作家看来，皆源于面子，源于蒙受羞辱后的自尊，也因此才有了“驯服吧，骄傲的人”的呼吁。

四

关注人性、深入洞察人性的复杂，甚至让陀思妥耶夫斯基完成了与其说是文学作品，不如说是反理性宣言的小说《地下室手记》。小说分为两个部分，第一个部分是“地下室人”絮絮叨叨的宣言，第二个部分是主人公以自身现实生活中的案例为第一个部分做注解。

宣言的核心内容就是否定铁一般的定律“二乘二等于四”，即早已得到公认、无可辩驳的事实，主人公就是要撞破这道墙，哪怕头破血流。展开来说，是主人公激情洋溢的自问自答：“请问诸位，是谁第一个声明，是谁第一个宣称，说一个人是因为不知道自己真正的利益才去做坏事的；还说，如果启发他，让他发现自己真正的、正常的利益，他便会立即停止干坏事，摇身一变成为一个善良而高尚的人；因为，一旦受到启发，知道了自己真正的利益所在，他就会在善行之中发现自己的利益，而众所周知，谁也不会明知故犯地违背自己的利益而行动，于是，可以说他就会必然地开始行善啦？哦，幼稚的人哪！……有史以来的这几千年里，究竟何时人只为自己的利益才行动呢？……人们明知利害，也就是说，他们完全清楚自己的真正利益所在，却将这些利益放在次要位置，而奔向另一条道路，去冒险，去撞大运，没有任何人、任何东西在强迫他们这样做，他们似乎只是不愿去走已然指明的道路，而是顽固地、任性地要闯出另一条艰难的、荒谬的路……”

就像小说主人公的现身说法一样，他明明早就清楚与从前的同学聚会必将蒙受“耻辱”，可为什么还一定要去呢，而且是在打肿脸充胖子的前提下？他的内心明明对妓女丽莎怀有同情和怜悯，可激发出对方人的感受之后为什么要残酷地侮辱她呢？或者用主人公自己的话说：“偏偏是在我最清楚地意识到完全不该去做的时候，这是为什么呢？我越是意识到善和所有这一切‘美与崇高’，便越深地陷入我的泥潭，越是难以自拔。”导致这一切的有人性中非理性元素在作祟，同时与感觉自尊受辱，或是前面提到过的面子受伤的人病态的自我确定也有着密切的联系。

在“环境决定论”“靴子比莎士比亚和普希金更崇高”的功利主义和实用主义盛行的十九世纪六十年代，陀思妥耶夫斯基以反理性主义小说《地下室手记》回击了当时自以为是、自信满满地认为改造环境可以让人变得更好的论调，在作家看来，认识人的奥秘、改造人本身才是第一位的，而环境只是对人的行为有一定的促进作用而已，甚至二者之间往往没有任何关系。正因此，陀思妥耶夫斯基在他的大量创作中以及《作家日记》中展现了各色人等无数的用理性无法解释的非理性行为，对于其所处时代流行的所谓“现代法庭”上律师巧舌如簧地把犯罪全都归咎于环境予以了质疑。

《罪与罚》主人公拉斯柯尔尼科夫的大学同学拉祖米欣的质问最有代表性：一个名利双收、志得意满的四十多岁的老爷诱奸一个幼女，是环境让他这样做的吗？这是人性使然。人心的“地下室”幽暗、肮脏、深不可测，与此同时，这漆黑一团的肮脏中又时时闪现出美与善的光辉。

*　　*　　*

陀思妥耶夫斯基在《穷人》《双重人格》《赌徒》《地下室

手记》中清晰地勾勒了他的创作“圆心”——探索人的奥秘。综观陀思妥耶夫斯基的创作，可以说，作家倾其一生都在努力完成自己在少年时期设定的任务。

赵桂莲

二〇二一年七月

一个年轻人的笔记

第一章

离开两星期之后我终于回来了。我们的人在卢列坚堡已经三天。我本以为他们对我简直是望眼欲穿，其实不然。将军做出一副毫无所求的样子，很傲慢地对我说了几句话，就把我打发到他妹妹那里去了。显然，他们已从别处搞到了钱。我甚至都觉得，将军有些羞于望着我。玛丽娅·菲利波芙娜正忙得不可开交，只随便敷衍了我几句话；不过，钱还是收下了，而且数了数，并听了我报告全部经过。他们正等客人来吃午饭，有梅津佐夫，有个法国佬，还有个什么英国人。事情总是这样，只要一有钱，马上就设宴请客，并且是莫斯科式的。波琳娜·亚历山德罗芙娜一见我就问，为什么我去了这么久？但没等我答话她就走开了。显然她是故意这么做的，其实我们之间应该谈谈，心里积攒着的话太多了。

我被安排在旅馆四层楼的一个小房间里。这里的人都知道，我的身份是**将军的随员**[①]。从种种迹象来看，他们已经亮明了身份。这里人人都把将军看成非常有钱的俄国显贵。午餐前，除了几件杂事之外，他还给了我两张一千法郎的期票去兑换。我在旅馆的账房里兑换了。现在，至少有整整一个星期我们会被当作百万富翁。我本来想带米沙和娜佳去散步，走到楼梯上

[①] 加着重号部分在原著中是斜体，以下不再一一作注。——编者注

又被叫到将军那里去。他竟然心血来潮，询问我要把孩子们领到哪里去。这个人根本不敢正眼看我。他倒是很想这样，不过我每次都报之以直勾勾的，也就是颇为不敬的眼光，使他似乎很难堪。他前言不搭后语地说了一堆冠冕堂皇的话，最后连自己也不知所云，无非是要我领孩子们到公园去散步，离游艺场远些。末了他又大发脾气，完全换了一副腔调说：

"要不然，您大概要领他们去游艺场，去轮盘赌场呢！请您原谅，"他补充说，"但我知道，您做人还相当不稳当，很可能去赌。虽然我不是您的监护人，而且也不想担任这个角色，但不管怎么说，我至少有权利表示这种愿望，希望您总不至于有损我的声誉……"

"您知道，我手头又没有钱，"我平静地回答说，"要输钱总得先有钱才行！"

"您马上就会得到钱。"将军回答时有些脸红了。他在写字台上找出账本看了看，他欠我的钱有一百二十卢布左右。

"我们要清账的，"他开口说，"要换成德国马克。您先拿一百塔勒①吧，一个整数。余下的当然也不会短您的。"

① 德国曾使用过的一种货币，约合3马克银币。

我收下了钱，没有说话。

“请您别对我的话生气，您太小心眼了……我如果对您有所指点，也是……怎么说呢？希望您多加小心而已。我当然也多少有点权利这样做……”

我带孩子们回去吃午餐时，看到整整一列出游的车马队。原来他们是去参观什么废墟遗址，两辆豪华的马车，一匹匹出类超群的骏马！布朗什小姐[①]和玛丽娅·菲利波芙娜与波琳娜乘一辆马车，那个法国佬、英国人和我们这位将军都骑马。来往行人都为之侧目止步。排场则够排场矣，不过将军要吃苦头的。我算了一算：我带来四千法郎，再加上他们显然是到此后才搞到的钱，统共也只不过七八千法郎；对布朗什小姐这个数目可是太小了。

布朗什小姐也住在我们这家旅馆，和她母亲一起。那个法国佬好像也下榻于此，仆人们都称他为“伯爵先生[②]”。布朗什小姐的母亲也自称“伯爵夫人”；也许真的是伯爵和伯爵夫人吧，管它呢！

果不出我所料，我们聚齐入席时，伯爵先生装作并不认识

① 楷体部分在原著中是法文，以下不再一一作注。——编者注

② 原文如此。作者后又改称这个法国人为侯爵。

我。将军当然也没打算让我们相互认识，或是起码把我介绍给他。**伯爵先生**本人去过俄国，知道他们称之为“**教师**”[①]的角色有多大分量。其实，他和我很熟。不过，说实话，我在这个宴席上是不速之客。将军好像是忘了吩咐，否则一定会打发我去餐厅吃**公共客饭**。因为我是自己来的，所以将军不高兴地看了我一眼。玛丽娅·菲利波芙娜是好心人，马上给我安排了一个座席。幸亏我在这里遇到了阿斯特列先生，这帮了我的忙。于是我不由自主地跻身于这些人的圈子中了。

这个英国人很奇怪，我第一次与他相遇是在普鲁士境内的火车上，我们俩面对面地坐着。那次我是去追赶我们那些人。后来我又在进入法国境内之前在瑞士遇到他。我们在两个星期内遇到两次，现在又与他在卢列坚堡不期而遇了。我生平从来没有见过如此腼腆的人，他简直腼腆到愚蠢的程度。他自己当然知道这一点，因为他一点也不蠢。他是个非常可爱和宁静的人。在普鲁士和他初次见面时，我让他打开了话匣子。他告诉我他今年夏天去了诺尔德卡贝，他还很想去尼日哥罗德的集市观光。我不知道他是怎样认识将军的，不过我觉得他热恋波琳

① 此词系俄语“教师”的法语音译。这里指的是家庭教师。

娜已经到了神魂颠倒的地步。她一走进来，他的面颊顿时绯红得像彩霞一般。他很高兴我们的席次相邻，好像已视我为至交好友了。

饮宴之间，那个法国佬谈笑风生，活跃异常，显得旁若无人，神气十足。我可记得，当初他在莫斯科大吹过一阵肥皂泡。他侃侃而谈财政和俄国的政治。将军间或也斗胆反驳两句，但是语气谦恭之至，只不过是为了表示自己并未完全失掉身份而已。

我处于一种十分奇怪的心境之中。自然，午餐还未进行到一半，我又像往常那样暗自向自己提出那个老问题："我何苦与这位将军纠缠，干吗不尽早一走了之？"我偶尔向波琳娜·亚历山德罗芙娜瞥几眼，她竟全然不理睬我。我终于恼怒了，决意要无礼一番。

事情从此开始：我突然莫名其妙、不问情由地在别人说话时大声插进去，我主要是想和那个法国佬吵一架。我把脸对着将军并忽然大声地、一字一句地说，今年夏天俄国人根本没法在旅馆餐厅里吃公共客饭。我好像是打断了将军的话，他用诧异的眼光瞪着我。

"如果您是个有自尊心的人，"我发挥说，"肯定会遭人斥骂和碰大钉子。在巴黎、莱茵，甚至在瑞士，吃公共客饭的波兰佬和同情他们的法国佬太多了，您如果是俄国人就得免开尊口。”

我这番话是用法语说的。将军困惑不解地望着我，不知道对我如此忘乎所以是应该发脾气还是仅仅表示惊讶为好。

“那您一定是在什么地方被人家教训了一顿吧？”法国佬随便而又轻蔑地说。

“在巴黎起先我是和一个波兰人吵架，”我回答说，“后来又和一个法国军官吵，因为他支持那个波兰人。但后来一部分法国人转而支持我了，因为我对他们讲，我有一次想要往罗马教长的咖啡里啐一口①。”

“啐一口？”将军装出傲然而又大惑不解的样子，甚至还环顾四周。法国佬则以不相信的眼光打量着我。

“正是这样，”我答道，“我在那里整整待了两天，确实觉得为了办妥我们的事可能不得不去一趟罗马，于是我去教皇驻巴黎使馆办事处办理护照签证。接待我的是个五十来岁的教士，浑身干瘦，脸若冰霜。他彬彬有礼而又非常冷淡地听我讲完话后，请我稍事等候。我虽然很急，当然也只好坐下来等，并拿

① 俄语中“啐一口”与“根本不理会”是同一词。此处有双关语意味。

出一张《国民评论》[①]报来看，上面净是辱骂俄国的不堪入目的言论。这时我听见有人经过隔壁房间到教长那里去。我还看见这位教士对他鞠躬不止。我于是再一次请求他，他要我再等等，态度更加冷淡。过了不久又进来一个陌生人，是来办公事的，好像是奥地利人，他们听完他的话以后立刻送他上楼去。当时我非常恼火，于是站起来走到教士面前，并以坚决的语气说，既然教长现在会客，也可以和我把事谈完。教士这一惊非同小可，忽然倒退了好几步。在他看来，一个微不足道的俄国人竟然胆敢把自己放在与教长的客人平等的地位上，简直是不可思议的事。他以最放肆无礼的方式把我从头到脚打量了一番，似乎为能侮辱我而高兴不已，并且叫着说：'难道您竟以为教长会为了您而丢下咖啡不喝吗？'于是我也吼了起来，而且声音比他还大：'老实告诉您，我才不管您的教长喝不喝咖啡！如果你们现在不立刻给我办好护照，我就找他本人。'"

"什么？当他那里坐着大主教的时候？"教士喊道。他惊恐万状地从我身旁跑到门边，双手像十字架似的摊开，做出一副宁肯一死也决不放我进去的样子。

① 《国民评论》系法国自由派波拿巴主义者主办的政治性日报。1859 年创刊，至 1879 年止，一直在巴黎发行。——俄编注

于是我对他说：我是个异教徒和蛮族人，什么大主教、大教长、教长诸如此类的名堂，对我来说统统都是那么回事。总而言之，我做出了决不罢休的样子。教士恶狠狠地瞪了我一眼，一把抓过我的护照，拿上楼去。一分钟以后签证就办妥了。“诸位有意看看吗？这就是。”我掏出护照，把罗马签证印章指给他们看。

“您这样，不过……”将军本来要说下去……

“幸亏您宣称自己是异教徒和蛮族，”法国佬冷笑着说，“这个办法倒不算笨。”

“大家不就是这样看这里的俄国人吗？他们坐在这里一声都不敢吭，大概都巴不得否认自己是俄国人呐。我把和这个教士吵架的事给大家讲了以后，至少在巴黎，在我们住的旅馆里，对我们的态度要注意得多了。有一个胖胖的波兰地主，他是吃公共客饭的人中对我最敌视的一个，从那以后不大在人前露面了。有一次我说我看见过一个在一八一二年被法国骑兵开枪打伤的人，这个骑兵开那一枪仅仅是为了把枪膛里的子弹放出来。被打伤的人当时还是个十岁的孩子，他一家没来得及从莫斯科撤出。那些法国人连我说这些话也忍着听下去了。”

“这根本不可能，”法国佬暴跳如雷了，“一个法国士兵决不会向一个孩子开枪！”

“可这是事实，”我回答说，“这是一位很可敬重的退伍大尉对我说的，我也亲眼看见他面颊上的子弹伤疤。”

法国人喋喋不休地说了起来。将军起先要附和他，但我建议他至少去读一读一八一二年曾被法国俘虏的佩罗夫斯基将军写的《札记》中的片段。①最后玛丽娅·菲利波芙娜说起别的事，把话题岔开了。我和法国人几乎对喊起来，将军因此对我十分不满。但阿斯特列先生则似乎对我和法国人的争论很高兴。起身离席时，他向我敬了一杯葡萄酒。晚上我到底和波琳娜·亚历山德罗芙娜谈了一刻钟左右的话，是在散步的时候。别人都朝游艺场那边的公园去了。波琳娜面对喷泉，在长椅上坐下，让娜坚卡②去和附近的孩子们玩。我也让米沙到喷泉旁边去玩。我们终于单独在一起了。

一开始当然是谈正事。我把总共只有七百盾③的钱交给她，她大发脾气。她满心以为拿她的钻石做抵押，我从巴黎至少可

① 瓦·阿·佩罗夫斯基（1794—1857），俄国将军，1812 年卫国战争参加者。他在《札记》中写道，1812 年战争中法军撤退时曾枪杀因体弱而掉队的俄国俘虏。

② 娜佳的另一小名。

③ 盾是十三世纪至二十世纪欧洲某些国家的金币名称。

以给她带回两千盾，甚至还更多。

“我非要钱不可，”她说，“一定要搞到，否则我就完了。”

我开始询问，我不在时发生了什么事。

“除了两次收到从彼得堡来的消息以外，别的没什么。第一次是说祖母病危；两天以后说她似乎已经死了。这是季莫菲·彼得罗维奇那里来的消息，”波琳娜又补充说，“他是个不乱说的人，我们正等着最后的确切消息。”

“这么说，大家都在期待之中？”我问道。

“当然，人人都在等，什么事也都在等着。整整半年一直只把希望寄托在这上面。”

“您也盼着吗？”我问道。

“您要知道，我和她根本没有亲缘关系，我只不过是将军的继女。不过我能肯定，她会在遗嘱里提到我。”

“我觉得，您会得到很大的一份。”我十分肯定地说。

“不错，她很喜欢我。不过，为什么**您**这样觉得呢？”

“请告诉我，”我反问道，“我们这位侯爵[①]似乎对您家庭中的一切秘密也都知情吧？”

---

① 即上文说到的伯爵，下同。

“您又为什么对这一点感兴趣呢？”波琳娜严峻而又冷漠地看了我一眼，问道。

“当然感兴趣。要是我没有看错，将军准是已经向他借钱了。”

“您猜得很对。”

“哼，如果他不知道老奶奶的情况，他会肯借钱吗？难道您在餐席上没有注意到，他三次说到祖母时都称她为‘亲爱的奶奶’[①]吗？这关系多么亲密，多么友好！”

“您说得对。他一旦得知遗嘱上也会多少有我一份，立刻就会来向我求婚。这就是您想知道的吧？”

“只不过是会来求婚吗？我想他早就在求婚了。”

“您自己非常清楚，根本不是这样。”波琳娜生气地说，“您在什么地方见过这个英国人？”她沉默片刻之后又问道。

“我就知道您马上要打听他。”

我把前几次在旅途中与阿斯特列先生相遇的情况告诉她。“他很腼腆而又多情，当然，肯定已经爱上您了吧？”

“是的，他是爱上我了。”波琳娜答道。

---

① 此词为俄语的法语音译。

“还有，他自然比法国人更富有十倍。怎么？这个法国人果真有什么产业吗？没有可疑之处吗？”

“没有。他好像有座什么城堡。昨天将军还对我说得很肯定。怎么样？您要说的话完了吧？”

“我要是处在您的地位，一定嫁给这个英国人。”

“为什么？”波琳娜问道。

“法国人更漂亮，不过也更卑鄙。而英国人除了正派之外还有多十倍的钱。”我干脆利落地说。

“对。可法国人是侯爵，而且也更聪明。”她说，语气平静至极。

“真的？”我还是原来的口气。

“一点也不错。”

波琳娜对我提这些问题很不高兴，因此在回答时有意用语调和粗鲁的话激怒我，我看出来了，并直截了当地对她言明。

“又怎么样呢？您这气急败坏的样子的确让我开心。我允许您提这样的问题和做这种猜测，单凭这一点，您就应该付出代价。”

“我确实认为自己有向您提出任何问题的权利，”我平静地答道，“因为我准备为之付出任何代价，现在我连生命都在所不惜。”

波琳娜竟扬声大笑起来：“您最近一次是在施兰根别格山上说过，只要我说一个字，您就能头朝下跳下去，那里好像有一千英尺深呢。有朝一日我会说这个字的，仅仅是为了看您如何兑现自己的话。您尽可放心，那时候我一定沉得住气。我恨您，因为我容许您的事太多。但尤其可恨的是我又需要您；而既然现在我还需要您，我就得保护您。”

她起身了，说话时显得非常恼恨。近来她和我的谈话总是以恼恨和愤怒结束，是真正的愤怒。

“请允许我问您，**布朗什小姐**是何许人？”我问道，不想让她不说清楚就走。

“您自己知道**布朗什小姐**是何许人，从那以来她又没什么新变化。**布朗什小姐**大概要当将军夫人，当然这要看祖母病故的传闻是否属实，因为无论是**布朗什小姐**，还是她的母亲，还有她那位侯爵**表兄**，都知道得很清楚，我们现在是一贫如洗。”

“将军果真爱上她了？”

“现在这无关紧要。您听我说，并且记住，把这七百盾拿去赌轮盘赌，尽量给我多赢些钱回来，我现在非得有钱不可。”

她说完这些话就叫娜坚卡过来，然后往游艺场找我们那帮人去了。我在第一个路口向左拐了弯，心中反复思忖，十分纳闷。她命令我去赌轮盘赌一事对我似乎是当头一棒。真是奇怪，此时此刻我应该思考的事情很多，可我却把全部心思用在分析我对波琳娜的感情上。说真的，虽然一路上我疯狂地思念她，心急如焚、坐立不安，甚至在梦中都无时无刻不在她的身旁，但比起回来后今天这一天的感受，这两个星期的一切要轻松得多。有一次（那是在瑞士）我在车厢中睡着了，竟然在梦中和波琳娜谈话说出声来，弄得邻座的人都忍俊不禁。我现在又一次问自己：我爱她吗？而且又一次不能回答，或者不如说，我重又第一百次地对自己说：我恨她。真的，我真是恨她。有过这种时刻（即每次我们谈话结束之时），我真想把她掐死，即使为之舍弃我的后半生也甘心！我发誓：如果有可能用一把尖刀慢慢刺入她的胸膛，我觉得我一定会无比痛快地抓起这把刀来。但是我同样以最神圣的名义起誓：如果在施兰根别格山上她确实对我说“跳下去吧”，我一定会立刻跳下去，甚至也会感到无比痛快。我知道这一点。不管怎么样，这件事总要有个了结。她对此非常明白。我完全正确而又清楚地意识到：她对于我来说是可望而不可即，我的种种幻想根本不可能实现。我确信，她一想到这一点就特别高兴。否则，像她那样聪明和谨慎的人，怎么会对我如此亲密无间和推心置腹？我觉得到目前为止，她对我就像那个不把奴隶当人因而在他面前脱衣服的女皇一样。是的，有多少次她都不把我当人哪……

然而，我却接受了她的委托——无论如何去赌轮盘赢钱。我已来不及思索，为什么这么急地要赢这笔钱？她那时刻都在盘算的头脑里究竟又萌生了什么新念头？此外，这两星期内显然增加了许许多多新事实，对此我都还一无所知。这一切都应该把它想透,弄清全部底细,而且愈快愈好。但眼下已经来不及，要到轮盘赌场去。

第二章

说实话，对这件事我很不痛快。虽然我原已决意去赌，却根本不打算一开始就替别人赌。这甚至使我有些不知所措，因此我怀着无限烦恼的心情进了赌场，那里的一切我一看到就讨厌。全世界的小品文，特别是我们俄国报纸上那些小品文，都有一副奴才腔，实在叫我受不了。俄国的那些小品文作家几乎每年春天都要称道这两件事：第一，莱茵河上好些赌城的轮盘赌场如何富丽堂皇、豪华奢侈；第二，赌台上的金币似乎堆积如山。他们并不因此而得到赏钱，因此这可说是一种毫无私心的献媚。这些粗陋不堪的赌场毫不富丽堂皇，而所谓金币，不要说成堆，几乎连见都极少见到。当然，偶尔在整整一个季节当中也会忽然冒出个傻瓜，一个英国人，或是一个亚洲人——譬如今年夏天那个土耳其人，会大赢或大输一笔。可其他人统统都只用很小的盾下注，赌台上一般钱都很少。我进去（这是我生平第一遭）之后，迟迟未决定赌；再说人也很挤。不过我想，即便只有我一个人，我也会很快离开，而不会开赌。我承认，我当时心中怦怦直跳，极不冷静。我确信而且早已决定，这次来卢列坚堡一定会不虚此行，肯定要发生某种从根本上改变我终生命运的大事。就该如此，也必定会如此。虽然我如此寄希望于轮盘赌是可笑的，但我觉得那种视寄希望于轮盘赌为愚蠢和荒唐的、众所公认的看法是更加可笑的陈腐之见。为什么赌博就比其他任何一种搞钱的方法，譬如做生意，更坏呢？不错，能赢钱的人是百里挑一。但我又何必顾及这许多呢？

为防万一，我决定今晚先看看行情，决不认真干起来。今天晚上即便出什么事，也无足轻重。我打定了主意。再说还要研究一下到底怎么赌法。因为虽然我看过许多关于轮盘赌的说明，每次都看得入迷，但由于未亲眼见过，至今对此道还是一无所知。

首先，我觉得一切都很龌龊——某种道德上的卑劣与龌龊，这绝不是指围着赌台那几十张，甚至几百张贪婪不安的面孔。我丝毫不觉得想赢得又快又多的愿望有什么龌龊之处。有位脑满肠肥、丰衣足食的正人君子在驳斥某人为“赌的输赢很小”做辩解时说，这样更坏，因为贪图小利和贪图大利二者不可相提并论。这其实是相对的。对罗斯柴尔德[①]是小利，在我则是发大财。至于说牟利与赢钱，人们现在无处不在相互掠夺和赚钱，又岂止在轮盘赌场呢？而一般说来牟利与赢钱是否卑鄙可耻，这又当别论。我无意在此评判此事。既然我自己此刻为赢

① 西欧的一个大财团家族，创始人是十八世纪的法国银行家梅耶·阿姆谢尔·罗斯柴尔德，二次大战后分为英国支和法国支。

钱的强烈愿望所驱使，所以整个这牟利的愿望以及其全部的龌龊，自我走进赌场之时起，对我就变得更合适、更亲切了。最好的事莫过于人们彼此间不虚伪客套，而是直来直往、毫无遮拦。何必自己欺骗自己呢？这是最无聊又最不合算的事。乍看起来，这帮轮盘赌棍对自己所进行的勾当的那种敬意，以及他们围着赌台时的那种认真，甚至虔诚的神情特别丑恶不堪。正因为如此，此地对所谓**低级的**赌博及正派人的赌博严格加以区分。有两种赌博：一种是绅士的赌；另一种是平民百姓的赌，即为牟利而进行的、三六九等的无赖之徒都参加的赌。这里对二者是严加区分的，其实这种区分本身是如此卑鄙可耻！一个绅士可以下五个或十个路易的赌注，很少有人下更大的赌注。当然，如果是个很有钱的人，也可能下一千法郎的注。但他们都只是为赌而赌，单纯为了消遣，为了看看赢钱或输钱的过程，但绝不应对所赢的钱本身感兴趣。赌钱之后，他可能，譬如说，嘿嘿地笑两声，甚至可能再下一次加倍的赌注，但只不过是好奇，为了观察种种机会，进行计算，而不是出自平民百姓那种赢钱的愿望。总之，他把所有这些轮盘、赌台、**三十与四十**之类都只应看作仅仅是为了自己的愉快而安排的消遣而已。至于赌场东家的种种私利打算和圈套，他连想都不应想到。如果他能有这种感觉，即所有其余的赌徒，那些为每个盾战战兢兢的下等人，或者也是和他本人一样的阔人和绅士，也仅仅是为了消遣而赌，那就更妙不可言了。这种对现实的全然无知和对人的天真看法当然是特别贵族气派的。我看见，许多亲爱的妈妈把十五六岁天真幼稚的小姐们，也就是她们的千金们，推到前面去，给她们几个小金币，并教她们怎么赌。小姐们不论是赢是输，都笑容可掬，春风满面而去。我们的将军轩昂傲然地走近赌台，仆人跑过去递给他一把椅子，但他对此根本不加理会。他慢条斯理地掏出钱袋，又慢条斯理地从中取出三百金法郎，押在“黑”上，而且赢了。他并未收起赢得的钱，而是把它留在赌台上，结果又出了“黑”。他这一次仍未把钱收起。但第三次出了红色，于是他一下丢了一千二百法郎。他笑眯眯地走了，很沉得住气。但我确信，他的心一定痛得像猫爪子抓过一样。如果他下的赌注多一倍或两倍，他肯定沉不住气，会在脸上露出来的。我还亲眼看见一个法国人高高兴兴、不动声色地先赢后输了三万法郎。一个真正的绅士即便输掉全部家产也不该激动。金钱与绅士风度相比是如此低贱，根本不值得想到它。对这一群下等人和整个环境的龌龊做出全然视而不见的样子，当然是十分有贵族风度的。不过，有时采取相反的办法，其贵族风度也毫无消减。这就是做出看见这一群下等人的神情，并对他们稍稍打量，甚至拿起手持眼镜仔细端详一番。但是只不过把这一群乌合之众以及所有这些污垢当作某种消遣，当作为绅士们消遣而安排的一种表演。也可以自己跻身于这一群人中，但要环顾四周，做出信心十足的样子，表示您本人不过是个旁观者，根本不属于这一群。但是过分认真地观察也大可不必，这也不符合绅士身份，因为这种场面无论如何不值得认真注意。一般说来，值得一位绅士过分认真观赏的场面也不多。但就我个人而言却觉得这一切都非常值得十分仔细地观察，对一个来此并非单纯为了观察，而是诚心诚意、认认真真把自己当作这一群下等人中之一员的人来说，尤其如此。至于我内心深处的道德信念，在我目前的种种考虑、想法中当然丝毫不起作用。姑且就这样吧，我这样说也可以洗刷自己的良心。但我要指出一点：最近以来，我特别讨厌以任何道德尺度来衡量我的思想和行为；是另外一种东西在指引着我……

这一群恶棍赌起来的确很龌龊，我甚至都觉得这里赌台上发生的许多事简直就是最普通的偷窃。坐在赌台两端的庄家要紧盯着别人下注、算账，忙得不可开交。这也是混蛋！多半是法国人。我在这里观察并记下来根本不是为了描写轮盘赌。我是使自己能适应环境，好知道将来如何行事。譬如我注意到，如果赌台后忽然伸出一只手把明明是您赢的钱拿去，这是十分平常的事。于是开始争吵，往往会大喊大叫，那就请您拿出证据，找出证人来吧，证明这赌注确实是您下的！

整个这套玩意儿起初对我简直是神秘莫测，我只能揣测和勉强区别，赌注有押在数字、单数和双数以及不同颜色上之分。我决定今晚从波琳娜·亚历山德罗芙娜的钱中取出一百盾来碰碰运气。一想到我一开始赌是为别人赌，就令我有些心神不定。这是种十分不快的感觉，我想尽快摆脱。我总觉得，我从替波琳娜赌开始，会毁掉自己的幸福。难道人一碰上赌台就不能不传染上迷信吗？我一开始拿出五十盾押在双数上。轮子转出了“十三”，我输了。我怀着病态的心理在“红”上押了五十盾，只想胡乱对付一下就走，结果出来的是“红”。我把一百盾统统押上，出来的又是“红”。我把所有的钱一次全都押上了，结果又是“红”。我得了四百盾之后从中取出二百押在十二个平均数上，自己也不知道结果如何。人家付给了我两倍的钱。这样我原来的一百盾变成了八百盾。一种异乎寻常的奇怪感觉压迫得我透不过气来，我决定立刻离去。但我还是把八百盾一股脑儿再一次押在双数上，这次出来的是“四”，人们又纷纷撒给我八百盾。我一把抓起一千六百盾，去找波琳娜·亚历山德罗芙娜。

他们都在某处的公园散步，直到晚餐时我才见到她。这次法国人不在座，将军也不拘束了。不过他认为应该再一次提醒我，不希望看见我站在赌台旁。照他的意见，如果我输得太多，会大大有损于他的声誉。“但即便您赢了许多，我的名誉也会受影响，”他又煞有介事地补充说，“当然，我没有权利支配您的行动。不过，您自己也承……”他一如既往，总是言犹未尽的样子。我冷冷地回答说：“我的钱很少，即便赌起来，也不会输很多。”回到楼上以后，我抽空把钱交给了波琳娜·亚历山德罗芙娜，并对她说，下不为例，今后再也不为她赌了。

“为什么？”她十分不安地问。

“因为我想为自己赌，”我答道，并且诧异地审视着她，“而这二者相互干扰。”

“您仍确信，轮盘赌是使您能得救的唯一出路？”她嘲讽地问。我依旧认真地回答：“是。”我同意，我自认必赢的信心是十分滑稽可笑的，“但还是请别管我吧！”

波琳娜·亚历山德罗芙娜坚持要把今天赢来的钱分给我一半。她给我八白盾，并建议我以后继续按这个条件去赌。我坚决拒绝这半数赢款，并且说，我之所以不能再替别人赌，并非我不愿意，而是因为我肯定会输。

“不过，尽管很愚蠢，我自己几乎也同样把轮盘赌当作唯一的希望，”她沉思着说，“所以您一定要继续为我去赌，对半分成，当然，您是会去的。”她转身就走了，再也不想听我说什么反对的话。

第三章

虽然如此，昨天一整天她对我只字未提赌的事，而是一直回避与我谈话。她对我的态度也没有改变。见到我时还是那种全然不放在眼里的样子，甚至还有几分蔑视和憎恨。她素来不想掩饰对我的厌恶，我看得出来。尽管如此，她也不对我掩饰另外一点，即她为了某种目的需要我，并因此而护着我。我们之间建立了某种十分奇特的关系。如果想到她对所有人所持的骄矜和傲慢的态度，这种关系令我大惑不解。譬如她知道我爱她爱到发狂的地步，甚至也允许我对她倾吐我的热情。当然，她这种允许我毫无顾忌、不受限制地诉说自己爱情的态度，最能表示她对我的蔑视。“这就意味着，我对你的感情根本不被重视，所以无论你对我说什么和怀着什么样的感情，我都是绝对地无所谓。”至于她自己的事，她原来也和我谈得很多，但从来未能完全开诚布公。不仅如此，她对我的轻蔑中还包含有十分精巧的心计。譬如，她知道我了解她生活中的某种情形或某件令她十分不安的事；而且当她为了达到自己的目的要用我当奴隶或跑腿听差时，甚至还会向我透露某些情况；但她总是说得不多不少，刚刚够一个跑腿听差需要了解的程度。尽管我对许多事之间的联系毫无所知，而且她也看得出来我为她的痛苦不安而痛苦不安，但她绝不以完全友好的推心置腹来给我宽慰。虽然在我看来，她既然常常要我完成不仅是麻烦，而且甚至是相当危险的委托，本该对我坦诚相见才是。我心里同样十分不安，而且我为她的烦恼和失意而烦恼和痛苦的程度可能两倍于她本人。但对她来说，我的感情又值几何呢？

早在三星期之前，我已知道她有意要赌轮盘赌。她甚至还告诉我我应去代她赌，因她本人去赌有失体面。我当时就从她的口气中发觉，她有桩十分严重的心事，而不是仅仅想赢钱。金钱本身对她有什么价值！其中必有个目的，有些情况我虽能有所猜测，但至今不知究竟。当然，她加之于我的奴役和屈辱本来可以使我（这种机会是很经常的）粗鲁和直截了当地盘问她。既然我只是她的奴隶，在她眼中微不足道，她也不必因为我粗鲁的好奇而生气。然而问题是，她虽然让我提出种种问题，却并不回答，有时甚至是听而不闻。我们之间就是这样！

昨天一整天我们这里都在谈论那封四天前发往彼得堡而至今仍未得到答复的电报，将军看来十分不安和心事重重。祖母当然是事情的关键。法国人也颇不安。昨天午餐后他们就十分认真地谈了很久。这个法国人对我们所有的人都操着一副高高在上、满不在乎的腔调，正如俗话所说：你请他入席，他就把脚伸到桌上来了。他甚至对波琳娜都随便得近于粗鲁。尽管如此，他和大家一起去游艺场玩乐或乘马车郊游却兴致勃勃。我早就知道把这个法国人和将军拴在一起的某些情况，他们原准备合伙在俄国开一家工厂。但我不知道他们的计划是否已告吹，还是仍在议论之中。除此以外，我无意中还了解到一点家庭隐私：去年法国人确曾帮将军摆脱困境，给了他三万卢布垫付移交时的亏空。这样，将军自然落入他的掌心之中。不过眼下，特别是眼下，在各方面起主要作用的还是那个**布朗什小姐**，我相信在这一点上我的判断也不错。

布朗什小姐何许人也？我们这些人说她出自法国名门，有个母亲和巨额家产。据悉她和我们这位侯爵有某种亲戚关系，不过是很远的亲戚——姑表兄妹或远房堂兄妹之类。据说在我巴黎之行以前，法国人与**布朗什小姐**之间的相互交往要客气得多，关系似乎更微妙和含蓄。但现在，这两人之间的交往也罢、友谊也罢、亲戚关系也罢，似乎更加粗鲁，也似乎更加亲密。也许，这是因为他们觉得我们的处境已经糟得很，所以无须在我们面前过分客气和掩饰了。前天我还发现，阿斯特列先生仔细端详**布朗什小姐**和她母亲。我觉得他认识她们。我甚至还觉得，我们这位法国人以前也见过阿斯特列先生。不过阿斯特列先生是如此羞怯、腼腆寡言，所以对他几乎可以放心，他绝不会把丑事张扬出去。至少法国人只对他略略欠身，几乎不正眼看他，也就是说不怕他。这倒可以理解，但为什么**布朗什小姐**也几乎不正眼看他呢？更何况昨天侯爵还说漏了嘴，在大家说话时，不知因为什么话题引起，他忽然说阿斯特列先生非常富有，他对此很了解。**布朗什小姐**本该在这时对阿斯特列先生特别垂青才是！总之，将军是处在惶惶不可终日之中。完全可以理解，此时一封报告伯母病逝的电报对他可真是非同小可！

我固然明知波琳娜回避和我谈话，似乎是怀着某种目的，但我自己也做出冷淡和无所谓的样子。因为我总想，她迟早要走到我跟前来。不过昨天和今天我的注意力主要集中在**布朗什小姐**身上。可怜的将军，他彻底完了。在五十五岁之年如此热烈地堕入情网，这当然是一种不幸；再加上他又是鳏夫，有孩子，完全破产，负债累累。最后，他爱上的女人又是如此的一个尤物。**布朗什小姐**是很漂亮，但我要说，她有一副令人望而生畏的面孔，不知道大家能不能懂我的意思。至少我对这种女人总是惧怕三分的。她大概二十五岁，身躯高大，两肩宽而陡，颈部和胸部非常丰满，褐黄色的皮肤，头发黑得像墨汁一样，而且多得惊人，可以梳出两份发式。她眼睛是黑的，瞳孔却呈淡黄色，眼光粗野，牙齿洁白，嘴唇总是抹得很鲜艳，浑身上下散发着麝香味。她衣着刺眼、阔气，很有排场，但也很得体。手和脚都很奇特。声音则是嘶哑的女低音。她有时哈哈大笑，把全部牙齿都露出来。但平时总是闷声不响和十分粗鲁地瞧着人，至少在波琳娜和玛丽娅·菲利波芙娜面前是如此（有个奇怪的消息，玛丽娅·菲利波芙娜要到俄国去）。我觉得，**布朗什小姐**毫无教养，甚至也不聪明，但疑心极重而又狡诈多端。我觉得，她生活中总少不了各种故事。如果干脆把话说明白，很可能侯爵根本不是她的什么亲戚，母亲也不是母亲。但是据说在柏林——我们是在那里结交的——她们母女俩结交了几家上等人。至于侯爵本人，固然我至今仍怀疑他是否真是侯爵，但他在莫斯科、德国或其他某些地方属于上流社会中人倒是不必置疑的。不知道他在法国到底是何等人物，听说他有一座城堡。我想最近两周间发生了不少事，但我不能确知将军与**布朗什小姐**之间是否已说过十分肯定的话。总之，现在一切都取决于我们的境遇，取决于将军能否拿出许多钱给他们看。如果消息传来，祖母并未病故，**布朗什小姐**会立刻溜之大吉。我竟成了一个搬弄是非的人，连我自己都觉得奇怪而可笑。咳，这一切多么令我厌恶。我要是能扔下这一切该有多高兴呵！但我怎么能舍波琳娜而去？又怎么能不在她左右探听消息？探听消息当然是卑劣的行径，我也顾不上这许多了！

昨天和今天阿斯特列先生也颇令我奇怪。是的，我确信他爱上了波琳娜。一个腼腆、圣洁得近于病态而又被爱情所动的人的眼神竟能如此富有表情，这真是耐人寻味而又可笑，更何况这个人自己此时当然是宁肯钻进地下，也不愿言辞和眼睛里有丝毫流露。阿斯特列先生常常在散步时和我们相遇。他摘下帽子，与我们交臂而过，心中自然是巴望着加入我们的行列中来，简直到了不能自已的程度。但如果邀请他，他一定会一口拒绝。在各种休息场所，在游艺场、音乐厅或是在某座喷泉前，他准是在距我们坐的地方不远处伫立着。不论我们去哪里，公园也罢，森林或施兰根别格山上也罢，只要一抬眼环顾四周，肯定能在最近的小径上或灌木丛后的某个角落里看到阿斯特列先生。我觉得，他在寻找机会和我单独谈话。今晨我们见面时寒暄了两句。他和我说话有时特别急促，还没有道声“您好”，他就说：

“嗯，**布朗什小姐**！……我可是见过不少像**布朗什小姐**这样的人！”

他默然不语了，大有深意地望着我。他这话是什么意思，我不懂。因为当我问他这话是什么意思时，他只带着狡谲的微笑点点头说：“也就是如此而已。波琳娜小姐喜欢花吗？”

“不知道，一点也不知道。”我回答。

“怎么，您连这都不知道！”他十分吃惊地喊出声来。

“不知道，我根本没注意到。”我笑着重复说。

“嗯，这使我产生了一个特别的想法。”他说完点了点头就走了，不过，脸上露出满意的表情。我们两人是用很蹩脚的法语谈的话。

第四章

今天是滑稽可笑、荒唐无聊的一天。现在是深夜十一点，我坐在自己的斗室之内回想这一切。是这样开始的：一大早我还是屈从波琳娜·亚历山德罗芙娜的意志，替她赌轮盘赌去了。

她的一千六百盾我都拿了，但有两个条件：第一，我不想与她对半分成，如果赢了钱，我将分文不取；第二，晚上波琳娜要对我解释清楚，究竟为什么她要赢钱和究竟需要多少钱。我无论如何不能设想，这单纯是为了钱。钱当然是非要不可，而且愈快愈好，但有某种特殊的目的。她答应要说清楚，于是我去了。赌场里的人群是够可怕的，一个个都是如此无耻而又如此贪婪！我挤到中间，在庄家旁边站住，然后小心翼翼地试着赌，每次只下两三个小钱币的赌注。与此同时，我留心注意观察。我觉得所谓计算并没什么意义，根本不像许多赌徒眼中那么重要。他们面前摆着画满了种种表格的纸，记下每次出的花色和数字，进行计算，算出种种可能的机会，然后再下赌注，可还是和我们这些赌起来不计算的凡人一样输。不过我倒是得出一个看来可靠的结论，诚然，在一系列偶然的机会中固然没有一个规律，但却似乎有某种顺序。这当然非常奇怪。譬如有这种情形：在出现十二个中间的数字之后会出现十二个最后的数字，小球两次落到这十二个后面的数字上重又转到十二个前面的数字上来。如此接连三四次之后又转到十二个后面的数字上，两次之后再一次转到前面的数字上，又三次落到中间的数字上,在整整一个半到两个小时之间都是如此。“一”“三”“二”；“一”“三”“二”。这非常有趣。有时候一整天或一个上午，红黑两种颜色几乎毫无规律地不停互换，从来没有连续两三次停在“红色”或“黑色”上。但有时一整天或整个晚上“红色”接连出现达二十二次之多，而且是一定要持续相当一段时间，譬如一整天。关于这一点阿斯特列先生对我解释了很久，他整个早上都站在赌台旁，但自己一次也未下注。我却输得精光，而且很快。我一上来就在双数上押了二百盾[①]，赢了；再押五十，又赢了。这样来了两三次。我揣摩我手里在五分钟之内就有了约莫四千盾。我本当就此离开，但心中却产生了一种奇怪的感觉，一种想向命运挑战、给它一记耳光、向它示威的愿望。我下了规定所允许的最大赌注——四千盾，结果输了。一气之下，我倾囊而出，全部押上，又输了。我昏头昏脑地离开赌台，自己都不明白自己到底是怎么了，直到临午饭时才把输钱的事告诉波琳娜·亚历山德罗芙娜。在此之前我一直在公园里徘徊。

① 即腓特烈金币，普鲁士旧时的一种金币。

午餐时我情绪又非常激动，和三天前一样。那个法国人和布朗什小姐又和我们共进午餐，原来布朗什小姐上午去过赌场并看见了我的丰功伟绩。这一回她和我说话显得颇为关切。法国人倒是单刀直入地问我输的是不是自己的钱？我觉得他对波琳娜起了疑心。总之，此中必有道理。我立即编了个谎，说是自己的钱。

将军十分诧异：我从哪搞来的这笔钱？我解释说，我开始赌时只有一百盾，接连六七次赢了加倍，到五六千盾之数，结果两次又都输掉了。

这当然完全是可能的。我说的时候看了波琳娜一眼，但从她脸上什么也看不出来。她既然默许了我的谎言，并未纠正我的话，因此我断定这个谎编得对，应该掩饰我为她赌这件事。我心中忖度无论如何她总该对我讲清楚了，她前几天还答应过向我做某种透露。

我以为将军对我会有微词，但他没有说话。不过我在他脸上看出了激动和不安。很可能由于他处在捉襟见肘的境况中，所以听到这样可观的一堆金币一刻钟之内在我这个不会精打细算的傻瓜手里打了个来回又跑了，心里委实难过得很。

我猜测昨晚他和法国人之间发生了一场很激烈的争执，他们插上门在屋里大声地谈了很久。法国人走的时候似乎十分恼火，今天一大早又去找将军，显然是继续昨天的谈话。

法国人听到我输钱以后，刻薄而且甚至恶狠狠地说我本来应该更懂事些。不知为什么他又加了一句，虽然许多俄国人都赌钱，但在他看来，俄国人连赌钱都不会。

“我倒是觉得，轮盘赌正好只适合于俄国人。”我说。当法国人对我的话报以蔑视的一笑时，我告诉他真理当然在我这一边，因为我说到俄国人是赌徒时，与其说是赞扬，不如说是责骂，所以我的话是可以相信的。

“您的意思有什么根据？”法国人问道。

“根据这样一点：历史在文明的西方人的美德法典中加进了一条新品德，它几乎是其中的主要之点，这就是谋取资财之术。而俄国人不仅谋财无术，还白白地胡乱挥霍资财。可我们俄国人同样需要钱，”我补充说，“所以我们甚至乐于堕落到不择手段的地步，譬如去轮盘赌场，因为这里可以在两个小时之内不费吹灰之力忽然发大财。这对我们非常有诱惑力，可是由于我们赌钱也不下功夫，随随便便，所以我们总输！”

“这倒有几分道理。”法国人扬扬自得地说。

“不，没有道理。您这样评论自己的祖国应该感到羞耻！”

将军严肃而振振有词地说。

“何必这么说呢？”我答道，“说真的，俄国人的荒唐无行与德国人的诚实节俭，这二者到底哪个更可耻？还很难说呢！不是吗？”

“这个想法太荒唐了！”将军叫道。

“这个想法太俄国式了！”法国人叫道。

我笑了，我太想让他们俩吵起来了。

“我宁肯一辈子在吉尔吉斯帐篷里流浪，也不愿向德国式的偶像膜拜。”我喊道。

“什么偶像？”将军喊了起来，开始真的生气了。

“德国人那种积累财富的方式啊。我在这里的时间并不长，但我所看到和考察到的一切都激起我这野蛮人本能的愤慨。上帝保佑，我可不要他们这种美德！我昨天已在离这里十俄里外的四郊走了一圈。和德国人那种带插图的劝善警世的小册子里完全一样：这里家家户户都有个品德高尚得可怕的、特别正直的家长，他正直得简直令人望而却步。我可受不了这种令人望而却步的正派人。每位这种家长都有个家庭，每天晚上他们都聚在一起朗读那些劝善警世的书。每幢房子上榆树和栗子树叶沙沙作响，夕阳映射，房顶上停着一只鹳鸟。嗯，这一切都非常有诗意，而且动人得很哪！……将军，您别动气，让我说得更动人一些。我自己也记得，先父在世时也是每到傍晚就在屋前小花园的菩提树下给我和母亲念这种书……我自己知道该如何评判这种事。可这里任何一个家庭都完全是家长的奴隶，完全听命于他。人人都像牛一样干活，像犹太人一样攒钱。父亲攒够一定数量的金币后，就指望大儿子，好把自己的手艺或那块土地传给他。为了这个目的，他们把小儿子卖去当兵或做苦工，把卖来的钱添到家庭的资财上。真的，这里就是这样做的，我仔细盘问过。这一切都不是因为什么别的，而是出于诚实，诚实得连被出卖的小儿子自己都虔信，他被卖掉的理由是绝对正当的。一个牺牲品自己为自己被拿去当抵押品而高兴，这可真是至善至美呀！以后怎样呢？以后发展到连大儿子日子也不好过：他有个叫阿玛尔亨的女朋友，两人心心相印，可是不能结婚，因为还没有攒起数量足够的盾。他们也虔诚真挚地等待着，含着微笑去当抵押品。可阿玛尔亨的双颊塌陷了、枯萎了。经过二十年，家产增加了，盾经过正当和有德的途径也终于攒够了。于是父亲为四十岁的大儿子和三十五岁的阿玛尔亨祝福，他也已经胸脯干瘪、鼻尖发红了。父亲一面哭，一面训诲，一面寿终正寝了。于是大儿子自己成了一家之长，一切又都重演。

如此经过五十年或七十年，第一代家长的孙子确已积聚了相当可观的资产，然后他传给自己的儿子，儿子再传给儿子，儿子再传给儿子，这样在五代或六代之后终于出了一个罗斯柴尔德男爵或是霍普银行[①]，或其他什么了不起的人物。怎么样？这个场面当然是宏伟壮观了：一百年甚至二百年代代相传的辛劳、忍耐、智慧、正直、性格、坚毅、算计，还有屋顶上的鹳鸟呢！您还要求什么呢？还有什么能比这更崇高吗？于是他们开始从这个观点来评判整个世界和所有的凡夫俗子，也就是说，凡是和他们稍稍不同的人都要遭到讨伐。所以，结果怎样呢？我可是宁肯像俄国人那样放荡胡闹或是靠轮盘赌来发财，而不愿做个五代以后的霍普。我需要金钱是为了我自己，而不是把自己当成资产的一件必要附加物。我知道，我这一番话是大谬不然，但那也由它去吧！我的信念就是如此。”

“我不知道，您说的话里有多少真理，”将军若有所思地说，“但我可以肯定地说，只要稍微让您有所放纵，您就要演出令人受不了的滑稽戏来……”

他像平常一样不把话讲完，我们这位将军只要一说起比他

① 著名的银行，设在阿姆斯特丹和伦敦。

平常的谈话稍稍有点意思的东西，从来就不能言尽意达。法国人漫不经心地听着，略略瞪着两眼，我说的话他几乎一点都没听懂。波琳娜做出傲慢的、无动于衷的样子，好像不仅是我说的话，就连吃午饭时的全部谈话，她都一概没听见。

第五章

她显得特别心事重重，但离席之后又立刻吩咐我陪她去散步。我们带上孩子，到公园的喷泉前去了。

我正处于特别的激动之中，因此，脱口而出地问了个愚蠢而粗鲁的问题：为什么我们这位德·格里叶侯爵，这个法国佬，现在不仅不在她外出时陪她，而且整天连话都不对她说一句？

“因为他是个卑鄙小人。”她的回答颇是奇怪。我还从未听她这样说过德·格里叶，所以没有说话，我都不敢想她为什么如此恼怒。

“您有没有注意他今天和将军有些不和？”

“您想知道究竟是怎么回事吧？”她冷冷而愤然地回答说，“您知道，将军全都抵押给他了，他的全部家产都归他了。假如祖母不死，这个法国人就要立刻把押给他的全部产业接管过去。”

“难道真是全抵押给他了吗？我听说过，但不知道是全部。”

“不是全部就不会这样了。”

“如果是这样，那就再见吧，**布朗什小姐**！”我说，“她也当不成将军夫人了！您知道吗，我觉得将军迷恋她到这种地步，如果**布朗什小姐**抛弃他，他会自杀。在他这种年纪还这样恋爱是危险的。”

“我也觉得，他大概会出点什么事。”波琳娜·亚历山德罗芙娜若有所思地说。

“这可太精彩了，”我叫了起来，“这能最露骨地证明她之所以同意结婚仅仅是为了钱，连一点体统都不顾，根本不讲面子。这太好了！至于说到祖母，这样一封电报接着一封电报地询问她死了没有、她死了没有，还有比这更可笑、更肮脏的行径吗？您说呢？您觉得这件事怎么样，波琳娜·亚历山德罗芙娜？”

“这纯粹是胡闹，”她厌恶地打断了我的话，“我倒是相反，对您这种兴高采烈的劲头感到奇怪。您高兴什么呢？难道是因为把我的钱输掉了而高兴？”

“您为什么要把钱给我去输呢？我对您说过，我不能替别人赌，尤其是不能替您。不过只要是您的命令，我都听从，但结果不取决于我。我不是事先说过成不了事吗？请告诉我，损失这么多钱，您非常难过吗？您要这么多钱做什么用？”

“何必问这些？”

“您可是自己答应过对我解释的……请您听我说吧：我完全有把握，只要我一开始为自己赌（我有一百二十盾），我就会赢。那时候无论您需要多少，都向我要吧。”

她脸上露出不屑的表情。

“请您别因为我的建议生我的气，”我继续说，“我有足够的自知之明，我知道我在您面前、在您心目中毫无地位，因此您根本不可能接受我的钱。但您总不能为我的赠予而生气吧！再说我把您的钱输掉了。”

她迅速地瞥了我一眼，发现我的话里恼恨中夹有讽刺，于是又打断了我的话。

“我的事对您来说毫无兴味可言。但如果您实在想知道的话，我可以告诉您，事情很简单，我负债了。我向人借了钱，我想还钱。我有个疯狂而奇怪的念头，就是我在这里，在赌台前，一定会赢钱。为什么我会有这个念头，我也不明白。但我相信它。谁知道呢？也许正因为我没有其他机会可选择，所以就只好相信它了。”

“也许是因为太需要赢钱了吧！正像溺水的人抓住一根稻草一样。如果他不是快要溺死，他是不会把一根稻草当作一块木疙瘩的。您说是吧？”

波琳娜诧异了。

“为什么这么说呢？”她问道，“您自己不也寄希望在这上面吗？两个星期前有一次您和我长谈，您说您完全有把握在这里的轮盘赌上赢钱，而且说服我不要把您当成疯子，难道您当初只是开玩笑？但我记得您说得那么认真，无论如何也不能把它当作玩笑。”

“是这样，”我沉思着回答，“我到现在都还完全确信我会赌赢。我甚至还要向您承认，您刚才使我想到了一个问题：为什么今天这次糊里糊涂的、荒唐的输钱，竟丝毫没有让我动摇、怀疑？我依然相信，只要我开始为自己赌，我就一定会赢。”

“为什么您这样肯定无疑地确信呢？”

“您想知道吗？我也不知道。我只知道我需要赢，这也是我唯一的出路。可能，正因为如此，我觉得我一定会赢。”

“这样说来，您也是非常需要，既然您这样狂热地相信？”

“我可以打赌，您怀疑我会有什么严肃的需要。”

“这对我都无所谓，”她轻声而淡然地说，“不过，我也可以告诉您：是这样。我怀疑您会为什么事真正地痛苦。您可能有痛苦，但并不认真。您是个没有条理而又不沉稳的人。您要钱做什么？您当初给我列出了许多理由，我看没有一条是正经的。”

“对了，”我打断她的话，“您说过您需要偿还债款。好，这么说是一笔债啰！该不是欠这个法国人的吧？”

“您怎么问出这种问题？您今天情绪特别激烈，该不是喝醉了吧？”

“您知道，我是有话就要说的，而且提起问题来有时坦率得很。我重复一遍，我是您的奴隶，而在奴隶面前用不着害羞，奴隶也不会加辱于谁。”

“这全是胡说。我讨厌您的这套‘奴隶’理论。”

“请您记住，我之所以说到我的奴隶地位，并非我愿意做您的奴隶，而只不过是说一件完全不取决于我的事实。”

“您直说吧，您要钱做什么？”

“您又何必知道这个呢？”

“随您的便吧。”她说，骄傲地把头一扭。

“您讨厌奴隶的理论，却要求别人做‘只许答话，不许议论’的奴隶。好吧，就这样吧！您问我，为什么需要钱？什么为什么？金钱——就是一切呀！”

“这我明白，但想得到钱也不必陷入如此疯狂的境地！可您都到了发狂、到了迷信宿命的地步。这里总有什么缘故，有某种特殊的目的。您不要拐弯抹角，还是直说吧，我希望这样。”

她好像生起气来了，她竟这样生气地盘问我，这倒令我十分高兴。

“当然有个目的，”我说，“但我说不清楚究竟是什么。我有了钱，在您眼里也会换个人样，而不是奴隶，如此而已。”

“您怎么能达到这一点呢？”

“怎么达到？您甚至都不会理解，我怎么能做到使您不以看一个奴隶的眼光来看我。您看，您何必这样惊奇和迷惑不解，我可实在不希望这样。”

“您不是说过，这种奴役对您是一种幸福。我自己原先也这样想。”

“啊，您也这样想，”我怀着一种奇怪的痛快感叫了起来，“您这种天真可爱极了！对，是这样，我因做您的奴隶而感到幸福。在最屈辱和最渺小的处境中确有一种幸福，”我继续梦呓般地说着，“鬼知道，也许当皮鞭在背上抽打，把皮肉撕裂时，这皮鞭中也有一种幸福……但也许我还想领略别的幸福。不久前将军当着您的面在餐桌上教训了我一番，就因为那每年我可能从他那里还拿不到的七百卢布。德·格里叶侯爵扬起眉毛打量我，同时却好像根本没看见我。而我呢？我也许巴不得能当着您的面揪他的鼻子呢？”

“您这是说的小孩子话。在任何情况下都可以保持自己的尊严。如果这里有斗争，它还会抬高您而不会贬低。”

“真是金玉良言！不过，请您设想一下，我也许不会保持自己的尊严。或者说，我虽是一个自爱的人，但却不会保持自己的尊严。您知道这种情况是完全可能的吗？其实俄国人统统都是这样的。为什么呢？因为俄国人有过于丰厚和多面的天赋，不容易给自己找到一个体面的形式。这纯粹是形式问题。我们大多数俄国人天赋丰厚，为了有一个体面的形式我们需要天才，但又往往缺乏这种天才，因为一般说来天才总是罕见的。只有法国人，也许还有其他某些欧洲人，他们的形式漂亮得很，能够看上去有特别体面的外表，而实际上却是一个最不体面的人。正因为如此，对他们来说形式是如此之重要。法国人能忍受侮辱，在受到真正的伤及内心的侮辱时连眉头都不皱一下，但却绝不能碰硬钉子，因为这破坏了千百年来传统的体面形式。我们俄国的小姐们这么迷恋法国人，正是因为他们的形式漂亮得很。其实在我看来，也没有什么了不起的形式，一只公鸡、一只**高卢公鸡**而已。不过，我无法理解这一点，我不是女人。也可能好就好在是公鸡呢！我现在胡言乱语起来了，可您并不打断我。您多打断我几次吧！我一和您谈话，就想把什么都说出来，一切的一切，于是我失去任何形式。我甚至同意说自己不仅没有任何形式，也没有任何可取之处。我对您说清楚这一点，毫不顾及什么尊严体面之类。现在我心中一片死灰，您自己知道这是为什么。我头脑中没有一丁点儿的思想。对于世界上、对于俄国和对于此地所发生的一切，我早就一无所知了。我刚经过德累斯顿，可现在却竟然不记得德累斯顿是什么模样。您自己知道，我全部身心已被什么所吞噬。既然我毫无希望而且在您眼中毫无地位，所以我干脆直说，不管我走到哪里，我眼睛里只有您，其他什么都看不见。我为什么如此爱您——我也不知道。您知道吗，也许您根本不美？您能想象吗？我甚至不知道，您究竟美不美，甚至连您的脸美不美都不知道，可能您的心并不好，才智也不高尚，这很可能。”

“也许您之所以想用钱来买我，就是因为不相信我的高尚。”她说。

“我什么时候指望过用金钱买到您？”我喊了起来。

“您语无伦次了，思路也断了。即便您不想用金钱买我这个人，也想用钱买到我的尊敬。”

“啊，不对，不全是这样。我对您说过，我总是言不尽意。您使我感到拘束，别对我的胡说生气。您也知道为什么不要生我的气，我不过是个疯子。唉，您要生气就生吧，我也无所谓了。我独自待在楼上那间小屋子里，一想起您的衣服的窸窣声，就要啃啮自己的两只手。您何必要生我的气？就因为我称自己为奴隶？您就利用利用我的自甘为奴吧！利用吧！您知道吗？我总有一天要把您杀死，并不是因为我不爱您，或是因为忌妒过度；就是要杀死您，因为我有时简直想把您吃掉。您在笑……”

“我根本没笑……”她愤怒地说，“我命令您住嘴。”

她沉默了，愤怒使她几乎喘不过气来。我的上帝，我也不知道她究竟是不是美，但我总是爱她站在我面前默然无语的神态，正因为如此，我喜欢勾起她的愤怒。也许她觉察到了这一点，所以故意生气。我把这对她说了。

“多么肮脏！”她厌恶地喊道。

“我对这毫不在乎，”我继续说，“您还知道吗？我们俩走在一起是危险的，有许多次我都直想打您，毁坏您的面容，掐死您。您以为不会弄到这个地步吗？您把我都折磨到发热病的地步，我还怕出什么事吗？会惧怕您的愤怒吗？您的愤怒对我算得了什么？我毫无希望地爱着，而且我知道，在此之后我会更千百倍地爱您。如果我有朝一日杀死您，也得要杀死我自己。但我将尽可能把杀自己的时间拖长，让自己来体验失去您之后的难以忍受的痛苦。您知道我爱您爱得一天比一天厉害，但这几乎是毫无希望的事。在这之后我怎能不成为宿命论者呢？您记得吗？前天在施兰根别格山上您叫我走到跟前时，我在您耳旁轻声地说：只要您说一个字，我就跳到那万丈深渊里去。如果您说了这话，我当时就跳了。您难道不相信我当真会跳吗？”

“多愚蠢的胡话！”她叫着说。

“愚蠢也罢，聪明也罢，我才不管这许多，”我也叫了起来，“我只知道，在您面前我要说话、说话、说话，所以我现在要说。在您面前我失去了一切自尊，我什么都不在乎。”

“我为什么硬要您从施兰根别格山上跳下去呢？”她冷冷地说，好像感到特别委屈，“这对我毫无益处。”

“好极了！”我喊道，“您是故意用‘毫无益处’这个绝妙的词来刺激我。我看透了您。您说毫无益处，是吗？然而要知道，满足的感觉总是有益的，而拥有粗暴的无限的权利——即便是对一只苍蝇——也是一种满足。人的天性就是要做暴君，喜欢折磨人。您特别喜欢。”

我记得，她以某种特别认真的目光审视着我。大概我脸上当时表现出了我全部混乱而荒唐的感受。我现在还记得，当时我们的谈话的确和上面描述的一字不差。我两眼充血，唇角溅出了唾沫。至于说到施兰根别格山，我现在都以我的名誉发誓：如果她当时命令我跳下去，我一定会跳下去的。即便她只是为了开玩笑，即便她是带着一种蔑视、一种对我不屑一顾的感情说，我同样会跳下去！

“不，为什么这么说呢？我相信您。”她说，但脸上却露出一种刻薄、轻蔑和高傲的表情，简直使我恨不得立刻杀死她。她讲话有时会显出这种表情，她是在冒险。我也照实对她说了这一点。

“您不是胆小鬼吧？”她忽然问我。

“不知道，也许是胆小鬼。不知道……我早就不想这件事了。”

“如果我对您说，把这个人杀死！您会杀死他吗？”

“谁？”

“我想杀的那个人？”

“那个法国人吗？”

“您别问，还是回答问题。我会告诉您是谁。我想知道，您刚才的话是不是当真？”她是那样认真而又迫不及待地等着我的回答，使我感觉有些奇怪。

“您到底告不告诉我，这里究竟发生了什么事！”我叫了起来，“您难道怕起我来了吗？我自己也看见这里的种种乱七八糟的事。您是这个已经破产而又发了神经病的人的继女，而他又对这个魔鬼——布朗什着了迷。再加上这个法国人，他对您有某种神秘莫测的影响，您现在又如此认真地……提出这样一个问题。至少总该让我明白，否则我要发疯并做出什么举动来。也许您耻于对我开诚布公吧？难道您在我面前有什么可羞的事吗？”

“我和您根本不谈这个。我提了问题，现在等着回答。”

“当然，我会杀死他，”我叫道，“只要您命令我就行。但是难道您可能……难道您是要命令我做这件事？”

“您以为我会可怜您吗？我命令您之后，而我自己却冷眼旁观。您能忍受这一点吗？不，您才不会这样！您大概会按照我的命令去杀，然后再来杀死我，因为是我派您去干这件事的。”

听到这些话时，我的心中猛地一震。当然，即使在那个时候，我也把她提的问题一半看成玩笑，看成一种挑衅，然而她说这些话时实在是太认真了。她居然说出这种话，要对我拥有如此大的权利，她愿意具有这种权利，而且直截了当地说：“您去死吧，而我可要冷眼旁观。”这终究令我感到惊愕。这几句话里有某种惊世骇俗同时又极其坦率的东西，但在我看来也实在是太过分了。在此之后，她将视我为何物呢？这已经越过了奴役和蔑视的界线。一个人被别人如此对待后是会恢复自己的尊严的。尽管我们的谈话是如此荒唐，如此不可思议，我的心颤抖了。

她忽然放声大笑起来。我们当时坐在一条长凳上，面对着游艺场前面来往马车停车的地方，人们从马车里出来后就到林荫小路上去。孩子们就在我们旁边玩耍。

“您看见那个肥胖的男爵太太了吗？”她大声说，“这是武梅赫姆男爵太太。她刚来这里三天。您看，那个瘦长干瘪、拿着手杖的普鲁士人就是她丈夫。您记得他前天怎样打量我们吗？去吧，现在就走到男爵太太跟前，脱下帽子，用法语对她随便说几句话。”

“为什么？”

“您发过誓,您会从施兰根别格山上跳下去。您刚才还发誓，只要我下命令，您可去杀人。现在我并不要您去杀人和演什么悲剧，而只不过是想笑一笑。去吧，别讲任何条件。我想看一看男爵用手杖打您的情景。”

“您是故意向我挑衅。您以为我做不出来吗？”

“好，是挑衅。您去吧，我要您这样。”

“好，我这就去，虽然这个想法太离奇太古怪了。不过，这样做不会给将军惹来麻烦，并进而累及您吗？我操这份心不是为自己，而是为您，也是为将军。真亏您想得出来，何必去侮辱一个女子呢？”

“我这才看清楚,您不过是个吹牛家而已,”她轻蔑地说,“您刚才只不过两眼有些充血，而且这可能是由于午餐时酒喝得太多了，难道我自己不明白这样做既愚蠢又无聊，而且会惹将军生气吗？我只不过想要笑笑，想笑笑，如此而已，为什么您要去侮辱一个女子呢？多半您还要挨人家的手杖呢！”

我转身就走，默默地去执行她的吩咐。这当然是一件蠢事。然而，我当然又不能摆脱它。不过当我走近男爵太太时，我自己好像也被某种东西激怒了，就像一个小学生使起了性子一样。的确，我当时真是怒火冲天，像喝醉了酒一样。

第六章

在那愚蠢的一天之后已经过去两天了，这之间有过多少叫喊、吵闹、口舌和拍桌子啊！这一切都是如此紊乱、嘈杂、愚蠢和无耻，而这一切又都归罪于我。不过，有时又觉得好笑，至少在我看来是如此。我自己也搞不清楚，我真是处于某种疯狂的状态，抑或是一时失态，等别人把我管束起来就会停止胡闹。有时我觉得神经出了毛病；有时又觉得自己远未脱稚气和小学生脾气，不过像个小学生一样胡闹而已。

这是因为波琳娜，全都是因为波琳娜！如果不是她，这种小学生脾气也不会闹的。谁知道是怎么回事！也可能我全是由于绝望（尽管这样想是愚蠢的）。我也真不明白，不明白她到底好在哪里！不过，她漂亮还是漂亮的，好像是很漂亮。她还让别人也神魂颠倒哇！她亭亭玉立、体态匀称，就是太纤细了。我觉得她整个身子都可以系成一个结，或是折成两段。她留下的脚印纤小细长——真能令人发疯，真是要发疯。她的发色微微透红，两只眼睛简直和猫的眼睛一样，但她多会用它们来表示骄矜和高傲啊。四个月以前我刚来就职的时候，有一天傍晚她在大厅里和德·格里叶长时间地热烈谈话。当时她望着他的那种眼光……我后来回去就寝时，觉得好像是她打了他一记耳光，刚刚打了耳光，然后又那样站在他面前，盯着他……正是从那个晚上起，我爱上了她。

还是言归正传吧。

我沿着小路下到林荫道上，站在路中间等男爵夫妇。在距离几步远的地方我脱下帽子，鞠了个躬。

我记得，男爵夫人穿着一件宽大无比的浅灰色连衣裙，带着皱边、裙架和后摆。她个子矮小而又肥胖无比，垂下来的下巴肥得惊人，连颈项都被它遮住了。脸是紫红色的，眼睛很小，但显得凶狠而狂妄。走起路来的神气简直好像她在给所有的人赏脸。男爵是个瘦高个子，有一张德国人中很常见的歪脸，脸上布满细小的皱纹，戴眼镜，约莫四十五岁。他的下肢似乎是从胸部开始，这意味着血统高贵。他傲气十足，像只孔雀，举止不大灵便，脸上有某种绵羊的表情，它自有用处，正好可掩盖深刻思想的缺乏。

这一切都是在三秒钟的时间内在我眼前闪过的。

我的鞠躬和手中的帽子起先勉强引起了他们的注意，只不过男爵略略皱起了眉头，男爵夫人则径直朝我摇摇摆摆地走过来。

“**男爵夫人，**”我一字一句地大声说道，“**如能做您的奴仆，我将十分荣幸。**”

然后我鞠了躬，戴上帽子，从男爵身旁走过，彬彬有礼地转过脸对他微笑。

脱下帽子是她吩咐的，鞠躬以及这一套胡闹是我自己的杰作，鬼知道我中了什么邪，我似乎飘飘欲仙呢。

“哼！”男爵叫了一声，或者毋宁说是吼了起来，满脸惊愕和恼怒地望着我。

我转过身来，恭候似的站住，继续望着他笑。他显然迷惑不解，把眉毛抬到了**最高之点**[①]。他的脸色愈来愈阴沉。男爵夫人也转过身来，同样是愤怒而困惑地望着我。有些行人已开始注意我们，有的人甚至干脆停了下来。

“哼！”男爵的吼声和愤怒都加倍了。

“**是的。**”[②]我拖着长声说，仍然直盯着他的眼睛。

“**您是发疯了吧？**”[③]他叫道，挥了一下手杖，但似乎有些胆怯起来，大概我的衣着使他惶然。我穿得很体面，甚至可以说是很考究，完全像一个属于最最上等社会的人。

“**是——的——！**”[④]我忽然扯起嗓门喊了一声，故意把“O”的音拖长。柏林人就是这样，说起话来没完没了地用“**是的**”这

◇◇◇◇◇◇◇◇◇◇◇◇◇◇◇◇◇◇◇◇◇◇◇◇◇◇◇◇◇◇

① 原文是拉丁文。

②③④ 原文是德文。

个词，并且总是用“O”音的长短来表示各种不同的思想和感受。

男爵夫妇迅速转过身去，在惊慌之中几乎是跑步逃走了。围观的人有的议论纷纷，有的莫名其妙地望着我。不过，我也记不清楚了。

我回转身，迈着普通的步子朝波琳娜·亚历山德罗芙娜走去。但在距她不到一百步的地方，我发现她起身带着孩子朝旅馆走去了。

我在台阶上追上了她。

“我遵命……胡闹了一通。”我和她走到并排后说。

“那又怎样呢？现在您自己去收拾吧！”她回答说，看都不看我一眼地上楼梯走了。

整个晚上我都在公园里徘徊，甚至穿过公园和树林走到另一个公爵的领地去了。我去一个农家吃了煎鸡蛋、喝了啤酒——为了这餐田园风味，他们向我要了整整四个半马克。

回到旅馆已经十一点了，将军立刻派人来叫我。

将军一家在旅馆里占用了两套住房，一共有四间。第一间是大间的沙龙，有钢琴；第二间也是大间，是将军的房间，他就在这里等我，威风凛凛地站在房子中间。德·格里叶懒洋洋地坐在沙发上。

“亲爱的先生，请问您做出什么好事来了？”将军对我先说话了。

“将军，我倒希望您开门见山，”我说道，“您大概是想说我今天遇见一个德国人的事吧？”

“一个德国人?！这个德国人是武梅赫姆男爵，一个重要的人物！您粗鲁地冒犯了他和男爵夫人。”

“根本没有的事。”

“您使他们受惊了，亲爱的先生。”将军喊道。

“根本没有。我在柏林时就听到他们在每个字前面都要翻来覆去加一个‘是的[①]’，而且令人讨厌地拖长着音调，我在林荫道上看见他们的时候，自己也不知道为什么，忽然想起了这个‘是的[②]’，并且激起了我一阵反感……何况男爵夫人已经遇到过我三次，每次都目中无人地朝我径直走来，好像我是一条可以用脚踩死的小虫子。您应当承认，我也有我的自尊心。我脱下帽子，很有礼貌地（我向您保证，是很有礼貌地）说：‘夫人，如能做您的奴仆，我将十分荣幸。’等男爵转过身并大喊一声‘哼’时，我忽然也忍不住喊出了‘是的[③]！’我喊了两次，

①②③ 原文是德文。

第一次很一般，第二次用尽全力拖长了声调，如此而已。”

老实说，我为自己这一番百分之百的顽童式的表白十分高兴。我非常想把这段故事渲染得愈荒唐愈好。

我愈说愈津津有味。

“您存心取笑我是吗？”将军喊道。他对法国人转过脸去，并用法语对他说我是故意要闹事。德·格里叶轻蔑地冷笑着，并且耸耸肩膀。

“啊！请您别这样想，一点也没这种意思！”我对将军喊道，“我的举动当然不好。我完全坦率地对您承认这一点。我的举动甚至可以称之为愚蠢和不成体统的胡闹，但也不过如此而已。而且，将军，您要知道，我对这件事十分后悔。但有一个情况又使我几乎觉得自己不必忏悔。近来，有两星期了，或者甚至有三星期了，我的自我感觉不好，我有病，很神经质，心情烦躁，胡思乱想，有时完全失去自制力。说真的，有几次我忽然想去找德·格里叶侯爵，并且……不过，算了吧，不必把话都说出来，他会生气的。总而言之，这是有病的征兆。不知道，如果我去向男爵夫人道歉（因为我准备向她道歉）的话，她肯不肯谅解这一点。我估计，她不会同意。尤其据我所知，近来在司法界人们开始滥用这个情况：在刑事诉讼中，律师们动辄以这一点来为自己的主顾也就是罪犯开脱，说他们在犯罪的时刻完全丧失了记忆力，因而似乎是某种病。‘打了一下，’他们说，‘可什么都不记得。’而医学呢？将军，您可知道，医学与他们随声附和，它证实，确有这样一种病症，即暂时性的神经错乱，这种病发作时完全丧失记忆，或是只记得一半，或是记得四分之一。可是男爵夫妇是老派人，而且又是普鲁士的容克[①]和地主，对司法界和医学界的这一进步他们想必还不了解，因此，不会接受我的道歉。您以为如何，将军？”

“够了，先生！”将军压着怒火，断然地说，“够了！我要设法让自己一劳永逸地摆脱您的这种胡闹。您用不着去向男爵和男爵夫人道歉。您和他们的任何交往，即使仅仅是去道个歉，对他们来说都是一种过分的屈辱。男爵知道您是我家中的一员之后，已经和我在游艺场谈过话，而且，老实告诉您，他几乎都要向我提出决斗了。您明白您置我、置我于什么威胁之下吗，亲爱的先生？我，我不得不向男爵道歉，并答应他，您从此，从今天起，再也不是我府中的一员……”

“对不起，将军，对不起，这么说是他本人坚决要求，如

① 是当时德国贵族中大土地占有者。

您所说的，要求我从此不是您府中的一员，是吗？”

“不是。但我自己认为我有义务来给他这种满足，自然，他也终于满意了。我们就此分手，亲爱的先生。按照此地的汇率您还应该从我这里补领到四个腓特烈金币①和三个弗罗林②。钱在这里，这儿还有账单，您可以核算一下。再见了，从此我们互不相识。从您身上我只遇到麻烦和不愉快。我现在就把仆役叫来，向他宣布，从明天起不再负担您在旅馆的费用。谨向您致以仆人的敬意！”

我收下钱和用铅笔写的账单，向将军鞠了个躬并十分郑重地对他说：“将军，事情不可能就此了结。我十分遗憾，您在男爵那里遇到了不愉快，但是恕我冒昧，这怪您自己。您岂能替我在男爵面前承担责任？我是您家中的一员，这话怎么讲？我不过是您家中的教师，仅此而已。我既非您的亲生儿子，又不受您的监护，所以您不能为我的行为负责。我自己——是个法律上有全权的人。我二十五岁，大学毕业，我是贵族，我和您毫无关系。只是由于对您的品德抱有无限敬意，我现在才不要

① 普鲁士旧时的一种金币。

② 十三世纪至十六世纪佛罗伦萨的金币，后成为欧洲许多国家的货币单位。

求您就您居然擅自为我承担责任一事立刻做出满意的答复和进一步的说明。”

将军惊讶至极，把两只手臂都摊开了。然后他忽然对法国人转过脸去，匆匆忙忙地告诉他，我刚才几乎要提出和他决斗。法国人高声地哈哈大笑起来。

“不过，男爵我可不打算放过，”我十分冷静地接着说，毫不为德·格里叶先生的笑声所动，“将军，既然您今天肯听取男爵的抱怨，并为他的利益着想，因而使自己也成为某种当事人，所以我十分荣幸地禀告您，最迟在明天清晨我将以自己的名义要求男爵对下面一点做出正式解释：他为什么在和我发生纠纷之后绕过我而去找另一个人，似乎我不能或不配在他面前为自己承担责任。”

果不出我所料，将军听到我打算再做一桩蠢事，害怕极了。

“什么？您竟打算把这件该死的事继续搞下去？”他叫了起来，“您将置我于何地，我的上帝！千万别这样，千万别这样吧，亲爱的先生，否则，我发誓！……嗯，此地也有当局，而我，嗯……我……总而言之，以我的官衔……还有男爵……只消我们一句话，就会将您逮捕，并由警察押解出境，免得您胡闹！请您放明白些吧！”虽然他由于气急败坏而顺不过气来，但还是大大显露出了怯相。

“将军，”我不动声色地回答说，这种态度是他受不了的，“在我还没闹出事来之前以闹事为名逮捕我是办不到的。我与男爵的交涉尚未开始；您也完全不知道，我打算通过什么形式、以何种理由来着手这件事。我只想把这种有辱于我的设想加以澄清，即我是处于某某人的监护之下，此人似乎可以任意支配我的意志。您大可不必这样惶恐不安！”

“阿列克谢·伊万诺维奇，看在上帝的分上，看在上帝的分上，放弃您这个无意义的打算吧！”将军喃喃地说，忽然把他那愤怒的语调变成哀求了，他甚至抓住了我的双手，“请您设想一下，这会有什么后果，而且也不愉快！您也知道，我在此地一举一动必须特别注意，尤其是现在！……尤其是现在！……咳，您不了解！您不完全了解我的处境！等我离开此地后，我一定会再请您来。我现在这样只不过是，咳，总而言之，您也知道原因！”他绝望地喊道，“阿列克谢·伊万诺维奇！阿列克谢·伊万诺维奇！……”

我走到门边，再一次力请他放心，答应他一切都会圆满体面地解决，然后匆匆走出来。

俄国人在国外有时过分胆小，对别人如何议论和看待他们以及自己什么地方是否有失面子诸如此类的事怕得要死。总而言之，他们一举一动紧张得就像穿紧身衣一样，尤其是那些沽名钓誉的人。他们最喜欢根据某种先入之见定下一成不变的一套表面规矩，然后就老老实实地遵循它，在旅馆、在游乐场所聚会和在旅途中莫不如此……但将军失言了，他说除此之外，还有某些特殊的情由要求他“一举一动特别注意”。正因为如此他忽然胆怯了，连和我说话的口气都变了。我注意到这点，心中有数就是了。当然，他也可能昏头昏脑，明天真去找什么当局，所以我自己的确也应该谨慎从事。

就我而言，其实我也根本不想让将军生气。我现在倒要气气波琳娜。波琳娜对我竟如此狠心，亲自把我推到这样一条愚蠢的路上。我现在一定要弄得她亲自来求我罢手方休，我这一通胡闹到头来也会损及她的名誉。此外，我心中还酝酿了某些其他的体验和愿望，譬如，倘若我自愿在她面前化为一个零蛋，这丝毫不意味着我在别人面前也是个可怜虫。当然，更轮不着男爵“拿手杖来打我”。我要把所有的人嘲笑个够，而自己到头来落得个好汉。哼，让他们瞧瞧吧！也许，也许她害怕出乱子，又跑来叫我。即便不叫我也罢，好歹也让她看看，我可不是个可怜虫……

（奇怪的消息：刚刚我在楼梯上遇到我们的保姆，她告诉我，玛丽娅·菲利波芙娜今天一个人独自乘晚车到卡尔斯巴德她表姐那里去了。这是怎么回事？保姆说她早有此意，但怎么谁都不知道？不过也可能只有我一个人不知道。保姆还向我透露，玛丽娅·菲利波芙娜前天和将军吵得很凶。我明白啦！这当然是为布朗什小姐的缘故。对，我们这里就要发生某种大事了。）

第七章

一清早我招来旅馆侍役，告诉他给我单独开账。我住的房间并不是贵得可怕，以至于我非搬出不可。我手头还有十六个腓特烈金币，至于以后……以后，也许就发财了！我还没有赢钱，可行事、想事和感觉都像个阔佬，而且还只能这样想，真是怪事。

虽然时辰尚早，我本打算去离我们很近的**安格列特尔**旅馆走访阿斯特列先生，但德·格里叶忽然走了进来。这是从未有过的稀罕事，况且近来我们之间的关系极为冷淡和紧张。他毫不掩饰对我的轻蔑，甚至有意表露出来；而我，也自有对他毫不欢迎的原因。总而言之，我恨他。我对他的来临颇感惊讶，顿时脑中闪过一个念头：肯定发生了什么特别的事。

他进来时十分殷勤有礼，还对我的房间说了几句恭维话。看见我手里拿着帽子，他询问道，难道我这么早就出去散步。我说要去阿斯特列先生处有事，他听了之后想了想，又考虑了片刻，脸上显得十分忧虑不安。

德·格里叶和所有的法国人一样，在需要和有利可图时高高兴兴、殷勤有礼；但一旦没有必要高高兴兴、殷勤有礼，又乏味无聊得令人无法忍受。法国人很难自然地殷勤有礼，他的殷勤有礼总是似乎奉命而为，出于利害关系。如果他认为有必要做出富有想象、别具一格和不同凡俗的样子，他的想象也披上现成的、早已庸俗不堪的形式，愚蠢至极和做作至极。一个本来面目的法国人总是最小市民气、最卑微和最平庸不过的，总之，是世界上最枯燥乏味的人物。我觉得，只有那些不谙世故的新手，特别是俄国小姐们，才会被法国人迷住。至于任何一个正派人对这一套奉命装出来的千篇一律的沙龙式的殷勤、随便和快活的样子，一眼便能看穿而且无法忍受。

“我来找您是有事，”他开始说话时样子格外尊严，不过很有礼貌，“我也不隐讳，我是来充当您和将军之间的使者，或者，不如说是调解人。我因为俄语懂得很少，昨天几乎全然没有听懂。但将军对我做了详细的解释，我承认……”

“您还是听我说吧，德·格里叶**先生**，”我打断了他，“您在这件事上也自愿来充当调解人。当然，我不过是一个‘**家庭教师**’，从未抱有幸成为这个家庭的亲密朋友或是建立某种特别亲密关系的奢望，因此也不知道全部内情。但请您告诉我，难道您现在已经完全成了这个家庭的成员？因为您如今已是事必参与、处处充当调解人了……”

我的问题使他不快，对他来说这个问题未免太单刀直入，而他又不想和盘托出。

“我与将军的关系部分是由于事务，部分是因为某些特殊情况，”他冷冷地说道，“将军要我来请您放弃昨天说的那些打算，您想出来的这一切当然很俏皮。但他请我告诉您，您是必然不会成功的。不仅如此，男爵根本不会接见您，而且，退一万步说，他也有一切办法使您再也不能找他的麻烦。您自己也不能否认这点。您何必坚持下去呢？何况将军已对您许诺，一有方便机会，立刻重新接纳您。在此之前您的薪俸，**您的薪俸**，照付。这个条件相当优厚，不是吗？”

我十分平静地反驳他说，他之所言不对；可能男爵不但不会拒我于门外，而且会洗耳恭听。我请他承认，他此来无非是要进行试探：我究竟准备如何行事。

“我的上帝，将军既然和这件事有利害关系，当然很乐于知道您将怎样行事。这完全合情合理！”

我开始解释，他懒洋洋地坐在沙发上听着，略略向我侧着头，脸上露出显然不加掩饰的嘲讽之色。总之，他态度傲慢至极。我尽力装出对此事看得十分严重的样子。我说，由于男爵在将军面前把我当成将军的仆人来责备，他使我——第一，失去了职位；第二，蒙受了侮辱，因为他把我看成一个不能自己承担责任并不配与之谈话的人。我觉得被侮辱当然是完全有理由的，不过考虑到我们之间年龄、社会地位的差别以及其他种种原因（说到这里我几乎要笑出来），我不愿再一次做出贸然的举动，也就是不直接向男爵要求或者仅仅是建议决斗。但我完全有权向男爵，特别是男爵夫人表示歉意；更何况近来我确感身体不适，精神恍惚，而且可说是有几分狂想症，如此等等。不过男爵昨天坚决要求将军把我辞退这一对我侮辱的举动，使我处于已经不能向男爵和男爵夫人表示歉意的地位，因为无论是他还是男爵夫人，乃至整个上流社会，都会认为我来道歉是出于害怕，目的是要重新得到自己的职位。出于这一切考虑，我现在不得不请求男爵首先亲自向我道歉，可以用最有节制的言辞，譬如说他完全无意加辱于我之类。男爵做此表示之后，我就可以不受任何拘束、真心实意地向他表示歉意。总之，我最后说，我只不过是请求男爵使我不受拘束罢了。

“唉，这未免过于认真、过于斤斤计较了！您何必要道歉呢？您也知道，**先生**……**先生**……您搞这一切都是故意要使将军难堪……也许您还有什么特别的目的……**我亲爱的先生，请原谅，我忘记了尊名，是阿列克谢先生？……是吗？**”

“请问，**亲爱的侯爵先生**，这事与您又有何关系呢？”

“**可是将军**……”

“将军又怎样呢？他昨天说什么他现在要特别注意……而且又是那样惊恐不安……我可一点也不懂了。”

“这里有、这里确实有特殊的情况，”德·格里叶用请求的语气说，但请求之中愈来愈听出恼恨之音，“您认识德·康敏小姐？”

“是布朗什小姐？”

“是，是布朗什·德·康敏小姐……还有她母亲……您也知道，将军……将军爱上了……而且甚至……甚至可能要在这里结婚。您想，在这种情况下如果闹出种种乱子、丑闻……”

“我看不出有什么乱子或丑闻会影响到结婚。”

“但男爵是个脾气暴躁的人，是那种普鲁士的性格，您知道，他可能为一件区区小事而掀起一场风波。”

“那也只会是对我，而不是对你们，因为我已不属于这个家庭了……（我故意装得十分糊涂）不过请问，布朗什小姐嫁给将军的事已经定了吗？那还等什么呢？我是想说，那又何必把这件事瞒着，至少也不必瞒着我们这些家里人哪？”

“我不能向您……其实，这也还没完全……不过，您也知道，他们正在等着俄国来的消息。将军想把事情办得……”

“啊，对啦！是祖母！”

德·格里叶憎恨地看了我一眼。

“总之，”他打断我的话，“我完全寄希望于您本性殷勤有礼、明事理、知分寸……为了这个待您如亲人并热爱和敬重您的家庭，您当然会这样做的……”

“您说什么？我已被赶出门了！对，您现在要说，这只是掩人耳目。不过您也得承认，如果有人对您说：‘我当然并不想揪你的耳朵，但为了装装样子，还是让我揪揪你的耳朵吧……’这不是几乎完全一样吗？”

“如果是这样的话，如果任凭怎样请求都不能影响您，”他严厉和傲慢起来了，“那么请恕我冒昧地告诉您，我们将会采取某些措施。此地有当局，今天就将把您驱逐出境！什么东西！见鬼！一个像您这样乳臭未干的家伙。要向男爵这样的人物提出决斗！您还以为人家对您会听之任之吗？您放明白些，这里谁也不怕您！我之所以来求您，完全是我自己的意思，因为您使将军不安！难道、难道您真以为男爵不会叫仆人干脆把您赶出来完事？”

“可我并不是自己去，”我格外平静地回答说，“您弄错了，德·格里叶先生，一切都要比您想得体面得多。我此刻正要去阿斯特列先生处，请他做我的中间人，也就是说，做我的公证人。

这个人很喜欢我，肯定不会拒绝。由他去见男爵，男爵定会接见。如果我本人只不过是区区**家庭教师**，类似某种**附属品**，而且说到底，没有后台，那么阿斯特列先生可是一位爵士的儿子，一位真正的爵士，这里家喻户晓的毕布洛克爵士，而且这位爵士正在此地。您尽可放心，男爵对阿斯特列先生定将以礼相待，而且耐心听他讲话。他如果不愿意听，阿斯特列先生将会认为这是对他本人的侮辱（您知道，英国人是很执拗的），并会自己派一个朋友去见男爵，而他是有些好朋友的。现在您估量一下吧，也许事情未必如您所想的那样收场呢！”

法国人可真是胆怯了。的确，这一切都说得头头是道，也就是说，看来我真有本事把事情闹大。

“我请求您，”他的声音完全是苦苦哀求了，“请您把这些想法统统放弃吧！难道您以闹出事来为荣吗？您并不是要求决斗，而是要把事闹大！我说过，这一切结果将十分滑稽，甚至很俏皮，也许这正是您所要达到的目的。但是，还有一句话，”他看见我起身拿帽子，说出了最后的话，“我到您这里来是为了把一位女士写的几句话转交给您，您看看吧，我受命等候答复。”

他说完之后从衣袋里取出一个折叠的、用胶漆封口的小纸条。

这是波琳娜的手笔：

我觉得，您打算把这件事继续闹下去。您生气了而且胡闹起来。但有些特殊的情况，可能，以后我会对您解释清楚。只是请您停止并平息下来吧。这一切是多么愚蠢！我需要您，您也答应过听我的话。想一想在施兰根别格山上说的话吧！请您听从我的话，如果需要的话，这就算是我的命令吧！

您的波

又及：如果您因昨天的事而生我的气，那么原谅我。

读完这些话，我眼前似乎天翻地覆了。我双唇发白，全身颤抖起来。这个可恶的法国人装出一副特别谦恭的样子，并且转过眼去，似乎有意不看我的窘态。他哪怕是大声地对我嘲笑一番也好。

“好，”我回答说，“请转告小姐放心。不过，请问，”我生硬地补充说，“您为什么迟迟不把这个纸条交给我？我觉得，既然您是专诚为这项委托而来，本不该说那些废话，而是一开始就把这……”

“唉，我本想……这一切都是这么奇怪，因此您得原谅我这种自然的急迫心情，我想尽快地亲自从您本人这里知道您的意图。而且，我也不知道这纸条上写的什么，所以我想什么时候交给您都可以。”

“我懂——了，事情很简单，您是受过叮嘱，只有在万不得已时才交出这张纸条。如果能够谈妥就不交了，是这样吧？请您直说吧，德·格里叶先生！”

“可能。”他说，做出一种特别含蓄的表情，并用一种特别的眼光望着我。

我拿起帽子。他点点头，走出去了。我觉得，他嘴角挂着一丝讥笑。又怎么可能不这样呢？

“哼，卑鄙的法国佬，我和你还会交手的，我们较量较量吧！”我走下楼梯时喃喃自语。我似乎头上挨了一拳，昏昏沉沉不知想些什么，外面的空气才使我略略清醒过来。

两分钟之后，我头脑刚一清醒就产生了两个十分明晰的想法：第一，昨天我像一个顽皮孩子信口开河说的几句不可置信的胡闹式的威胁话居然引起了这样一场轩然大波！第二，这个法国人对波琳娜到底有多大影响，只消他一句话，她就事事听他吩咐，给我写纸条，甚至还向我提出请求。当然，他们之间的关系从我一开始认识他们对我就是个谜。不过，最近这些天我发现她对他深恶痛绝，甚至不屑理睬，而他也是不正眼看她，有时甚至毫不礼貌。我发现了这一点。波琳娜自己也对我谈到她对他的厌恶，她还曾经脱口而出地做过特别意味深长的表露……这么说他硬是把她掌握住了，她已落入了他的某种控制之中……

第八章

在栗树林荫道上散步时，我遇见了我的英国朋友。

“喔！”他老远看见就说，“我来找您，您来找我！这么说，您和他们已经分手了？”

“请告诉我，首先，为什么这些事情您都知道？”我惊讶地问道，“难道这已是尽人皆知了吗？”

“没有，没有，不是尽人皆知，也不值得知道，没人说这件事。”

“但您为什么知道呢？”

“我是知道，是一个偶然的机会知道的。如今您离开此地到哪里去呢？我喜欢您，所以来找您。”

“您真是个好人，阿斯特列先生，”我说（不过我心中十分纳闷，他从哪儿知道这件事的），“我还没喝咖啡，您大概也还没有好好喝，我们一起到游艺场那边的咖啡馆去，去那里坐一下，抽抽烟，我把一切告诉您，您也告诉我。”

咖啡馆只有百十来步远。给我们送上了咖啡，我们坐下，我点燃了一支烟。阿斯特列先生没有抽烟，他注视着我，准备听我说。

“我哪里也不去，就留在此地。”我开始说。

“我也确信您会留下。”阿斯特列先生赞赏地说。

到阿斯特列先生这里来的时候，我完全没打算，甚至有意不想对他谈及我对波琳娜的爱情。这一点这些天来我对他一直只字未提。除此之外，他非常腼腆，我第一眼就发现，波琳娜给他留下了特别的印象，但他从不提她的名字。非常奇怪，现在，当他刚一坐下并用他那一动也不动的眼光凝视着我时，我忽然自己也不知道为什么竟想要把所有的一切，即我的爱情和它的一切甜酸苦辣，统统倾诉给他。我讲了整整一个半小时，觉得心里特别痛快，这是我第一次说起这件事。我发现在我讲到某些特别热烈的地方时他感到困窘，因而我故意渲染我的故事的热烈程度。我只对一点感到后悔：也许关于那个法国人，我讲了几句多余的话……

阿斯特列先生坐在我对面一动也不动地听我说，他一言不发，一声不出地望着我。但我讲到法国人时，他忽然止住我，并严厉地问道，我有没有权利提及这个节外生枝的话题？阿斯特列先生提起问题来一向很奇怪。

“您说得对，恐怕我并没有这个权利。”我回答说。

“关于这个侯爵和波琳娜小姐，除了单纯的推测之外，您一点儿确切的话都不能说吗？”

我又感到惊奇了，像阿斯特列先生如此腼腆害羞的人，居然这样斩钉截铁地提出问题。

“没有，一点儿确切的都没有。”我回答说。

“如果是这样，那么您不仅不该对我谈起这一点，而且就连自己这样想也是很不对的。”

“好吧，好吧！我认错。但现在问题不在这里。”我打断了他，心中暗自诧异。我接着把昨天发生的事全都详详细细地告诉了他——波琳娜的恶作剧，我和男爵之间的故事，我的被辞退，将军的胆怯，最后还仔细地描绘了德·格里叶今天来访的全部经过，并把纸条出示给他。

“您从这儿能得出什么结论呢？”我问道，“我就是为了听您的高见而来的。至于我，我好像要把这个卑鄙的法国佬杀死，而且我很可能会这样干。”

“我也会，”阿斯特列先生说，“至于波琳娜小姐，那么……您要知道，如果有必要，我们就得和甚至是我们所憎恶的人物打交道。这里可能有您所不了解的、取决于其他情况的关系。我想您可以安下心来，当然只是部分地。至于她昨天的举动，那当然有些奇怪，奇怪倒不在于她想摆脱您并打发您去挨男爵的棍棒（我还真不明白，他何以没有使用手中的棍棒），而是对于一位如此……如此美妙超群的小姐，这种恶作剧实在有失体面。当然，她事先也没估计到，您会一丝不苟地去执行她那可笑的意愿……”

“您知道吗？”我忽然叫了起来，并仔细地盯着阿斯特列先生，“我仿佛觉得，这些事您都已听说了，您想知道我要说是从谁那里听说的吗？是从波琳娜小姐本人那里！”

阿斯特列先生诧异地望了我一眼。

“您的眼睛闪闪发亮，我看得出您在怀疑，”他说完之后立刻又恢复了平静，“但您没有任何权利表露自己的怀疑。我不能承认这种权利，并且完全拒绝回答您的这个问题。”

“好吧，够了！也不需要！”我喊道，感到一阵奇怪的激动，同时自己也不明白，为什么我脑子里钻进来这个想法。阿斯特列先生能在什么时间、什么地点和通过什么方式被波琳娜选为心腹知己呢？近来我多少有些疏忽阿斯特列先生，而波琳娜对我从来就是一个谜，而且这个谜是如此难以捉摸，当我现在要对阿斯特列先生讲述我的全部爱情故事时，我一面讲一面突然感到吃惊，原来关于我和她的关系，我竟几乎说不出任何确切和肯定的话来，恰恰相反，一切都是如此虚幻、奇怪、没有根据，甚至荒谬绝伦。

“好了，好了，我被弄糊涂了，现在还有许多事想不清楚，”

我回答道，好像都气喘不迭了，“不过，您是个好人。现在说另一件事吧，我想听听您的——不是劝告，而是高见。”

我略略沉默了片刻，然后开始说起来：“将军为什么这样胆小起来，您怎么想？为什么我这么一次愚蠢至极的胡闹竟使他们所有的人如此大动干戈？连德·格里叶都认为不得不来干预（他是只在最关键场合才出场的），他居然来拜访我（多了不起！），请求和哀求我，他，德·格里叶，来向区区的我！最后，请您注意，他是九点钟来的。在快到九点的时候，而那时他已拿到了波琳娜小姐的纸条。那么，纸条是什么时候写的呢？或许他们为这件事而专门把波琳娜小姐叫醒！因此我看波琳娜小姐简直是他的奴隶（因为她居然向我道起歉来了）；除此以外，这件事其实和她，和她本人有什么相干呢？她为什么如此关切？他们为什么怕起一个男爵来？将军要和**布朗什·德·康敏小姐**结婚，这又有什么了不起？他们说由于这一情况，他们的一举一动似乎需要特别注意，但这也未免太特别了，您说是吧？您怎么想呢？从您的眼神我可以断定，在这方面您也比我更知情得多！”

阿斯特列先生笑了笑并点点头。

“的确，我好像在这方面了解得比您多，”他说，“这事全

都与布朗什小姐 一人有关，我相信这完全是实情。”

“布朗什小姐又怎样呢？”我忍不住喊了起来（我心中忽然萌发了一线希望，也许现在会透露些关于波琳娜小姐的情况）。

“我觉得，布朗什小姐此刻特别需要千方百计回避与男爵和男爵夫人见面，尤其是一场不愉快的，或者更糟的话，引起风波的见面。”

“说下去，说下去吧！”

“布朗什小姐前年开赌的季节就已来过此地，来到卢列坚堡。我那时也在这里。布朗什小姐当时不叫德·康敏小姐，同样，她母亲寡妇康敏太太当时也根本无其人，至少从未听说过她。德·格里叶呢？德·格里叶也没有。我深信不疑，他们不仅不是什么亲戚关系，就连相交也是刚刚不久前的事。德·格里叶也是不久前才成为侯爵的，我这样有把握是有根据的；甚至可以断定，他连德·格里叶的名字也是不久前才取的。我在这里有一个熟人，他以前遇到他用另外一个名字。”

“可是他的社交的确相当广泛啊！”

“哦，这是可能的，连布朗什小姐也可能如此。但三年之前，布朗什小姐正是由于这位男爵夫人的控告被此地警厅请离本市，她也就离开了。”

“这是怎么回事？”

“她最初在此地露面时是和一个意大利人一起，他是个什么公爵，姓氏在历史上还有点来历，类似巴尔别里尼之类。此人手上戴满钻石戒指，而且还是真钻石呢。他们出入乘坐非常华丽的马车。**布朗什小姐**起先赌**三十与四十**赌得很顺手，但后来运气急转直下，我记得是这样。记得有一天晚上她输了很大一笔数目。但更糟糕的是，**在一个美妙的早晨**她那位公爵忽然不知去向，骏马和马车也无影无踪，一切都消失了。他在旅馆里欠下了巨额的债，泽尔玛**小姐**（她顷刻之间从巴尔别里尼夫人变成了泽尔玛**小姐**）绝望到了顶点。全旅馆的人都听见她尖声的哭号，她还发疯似的扯破自己的衣服。当时旅馆里住着一个波兰伯爵（所有旅行的波兰人都是伯爵），这位自己撕破衣服和用美丽的、香水洗过的两手像猫一样抓自己的脸的泽尔玛**小姐**给他颇留下了些印象。经过一番交谈，到进午餐时她已经怡然自得了，晚上他和她手挽手地出现在游艺场。泽尔玛**小姐**如同往常一样高声大笑着，言谈举止更加放任不拘。赌轮盘赌的女人中有这样一类，她们走近赌台时拼命用肩膀撞开别的赌客，好给自己挤出个位子。她就属于这一类女人。这是此地这些女人的一种特殊的派头。您当然注意到了她们，是吗？”

“嗯，是。”

“也不值得注意她们。不过正派的公众感到恼恨的是此地这种女人总不绝迹，至少她们中那些每天都能在赌台前兑换上千法郎期票的人是如此。不过，只要她们一旦不再有期票兑换，马上就会请她们离开。泽尔玛**小姐**还能继续换期票，但她的赌运却愈来愈不佳。您留心一下，这些女人赌起来往往十分走运，她们有惊人的自制力。不过，我的故事快讲完了。有一天，这位伯爵也和侯爵一样消失了。泽尔玛**小姐**晚上来到赌场时已是只身一人，这一次无人向她伸出援助之手。两天之内她输光了，她放上最后一个路易并把它输掉之后，环顾四周，发现武梅赫姆男爵站在她身旁，他正非常注意而又深为气愤地端详着她。泽尔玛**小姐**并没有看出他的愤怒，因而对男爵投以嫣然一笑，并请他替她在‘红’上下十路易的赌注。因此男爵夫人提出控诉，她当晚就收到了不得进入游艺场的命令。您大概会奇怪，我竟知道所有这些极不体面的细枝末节。这都是我的一位亲戚费德尔先生告诉我的，正是他当天晚上用自己的马车把泽尔玛**小姐**从卢列坚堡带到了斯巴。现在您该明白，**布朗什小姐**之所以要成为将军夫人大概就是为了今后不再收到三年前游艺场警局给她的那种命令。现在她已不赌了。这是因为从各种迹象看来她有了一笔资本，并把它借给此地的赌客生利息，这要合算得多。我甚至怀疑不幸的将军也欠她的债。可能德·格里叶也欠她的债，可能他和她是合伙经营。您自己也明白，至少在婚礼之前她不希望某种缘故引起男爵夫人和男爵对她的注意。总之，以她的处境而言，她现在最不希望闹出事来。而您和他们家庭有联系，您的行为可能引起一场乱子，更何况她每天都和将军或是和波琳娜小姐手挽手地在众目睽睽之下露面。您现在明白吗？”

“不，我不明白！”我大叫一声，并用力拍了一下桌子，弄得侍者都惊慌失措地跑了过来。

“阿斯特列先生，请您告诉我，”我愤怒欲狂地重复道，“您既然已经知道这段历史，当然对这个布朗什·德·康敏小姐的底细也了解得清清楚楚，您为什么不事先告诉我、告诉将军本人？而最主要的是为什么不告诉波琳娜小姐？她可总是和布朗什小姐手挽手地出现在赌场和公众面前哪！怎么能这样呢？”

“预先告诉您没有必要，因为您也无能为力，”阿斯特列先生平静地回答，“再说，有什么值得告诉的呢？将军对布朗什小姐的了解可能比我还多，但还是和她同波琳娜小姐一起散步。

将军是个不幸的人。我昨天看见，布朗什小姐和德·格里叶以及那个小个子的俄国公爵骑着漂亮的骏马奔驰着，将军却骑着一匹栗色马尾跟在他们后面。他今天早晨对我说，他虽然脚痛，但骑马的姿势仍很好。在那一刹那间我忽然产生一个想法：此人已不可救药了。再说这件事统统与我无关，我只是不久前才有幸认识波琳娜；而且（阿斯特列先生忽然想起了什么）我已对您说过，虽然我对您抱有真挚的友爱，但不能承认您有权对我提出某些问题……"

"够了，"我一面站起来，一面说，"现在我已清楚得如同白昼一样，波琳娜小姐也了解布朗什小姐的一切，但她不能和她那个法国人分手，因此才肯和布朗什小姐散步。您要相信，任何其他影响都不能迫使她和布朗什小姐散步和写纸条恳求我不要触犯男爵。这都是这个因素的影响，在它面前一切都要俯首听命！可是，要知道恰恰是她激我去惹男爵啊！真是见鬼，简直搞不清是怎么回事！"

"您忘记了两件事：第一，这个德·康敏小姐是将军的未婚妻；第二，波琳娜是将军的继女，她有一个小弟弟和一个小妹妹，这两个人是将军的亲子女，但都被这个疯子抛弃，而且看来也被他掠夺了财产。"

“对啊，对啊！是这样！离开孩子——就意味着完全抛弃他们；留下，就能保护他们的利益，甚至可能保住小部分产业。对了，对了，这都是对的！但这终究，终究……啊，我明白了，为什么他们现在都对老祖母这么感兴趣！”

“对谁？”阿斯特列先生问道。

“那个莫斯科的老巫婆，她还没有死，但这里正等着报告她死去的电报。”

“嗯，对了。现在当然全部的兴趣都集中于她了。一切都是因为遗产！遗产一宣布，将军就结婚。波琳娜小姐将获得自由，而德·格里叶……”

“德·格里叶怎样？”

“会付给德·格里叶钱，他就是为此而在这里等着。”

“只是为此！您以为他只是为此而等待吗？”

“其他我什么也不知道。”阿斯特列先生说完便固执地沉默了。

“但是我知道，我知道！”我在狂怒中重复说，“他也在等遗产，因为波琳娜将得到一份嫁妆，她一拿到钱，立刻就会吊到他脖子上去！所有的女人都是这样的！即便是她们中最骄傲的人到头来都是最卑贱的奴隶！波琳娜只会狂热地爱，其他都不会！这就是我对她的看法！您瞧瞧她吧，特别是她独自坐着沉思的样子！啊，这是造物主预先安排、判决的，这是该诅咒的！她能承受人生的一切苦痛和情欲……她……她……这是谁在唤我的名字？”我忽然大声说，“谁在喊我？我听见了，是用俄语喊的‘阿列克谢·伊万诺维奇！’，是女人的声音，您听，您听见了吗？”

这时我们已走近旅馆。我们几乎没有留意，我们早就离开咖啡馆了。

“我听见一个女人的叫喊声，但不知道是叫谁。这是俄语的声音。现在我知道这声音是从哪里传来的了，”阿斯特列先生用手指着，“这是一个女人在喊，她坐在一张大安乐椅上，正由许多仆役抬到台阶上，后面有人搬着箱子，大概是刚下火车。”

“她为什么叫我呢？她又在喊了，您看，她在向我招手。”

“我看见了，她是在招手。”阿斯特列先生说。

“阿列克谢 · 伊万诺维奇！阿列克谢 · 伊万诺维奇！天哪，他可真是个聋子！”从旅馆的台阶上传来了声嘶力竭的喊声。

我们几乎是跑到旅馆的大门前。我走上台阶……吃惊得垂下双手，两腿也像在石头上扎了根一样不能动了。

第九章

在旅馆宽大台阶的高台上赫然端坐的是——祖母！她是坐在轮椅上，由男女仆人和人数众多的奴颜婢膝的旅馆仆役簇拥着沿着阶梯抬上来的。旅馆仆役领班也亲自出来迎接这位来势如此显赫的高贵女宾，她不仅有随身的仆从，还带着不计其数的大小箱囊。对，这确实是她，威严而富有的七十五岁高龄的安东妮达·瓦西里耶芙娜·塔拉谢维切娃。她就是那位女地主和莫斯科的贵妇人，**祖母**；为了她有过多少次电报往返；也是她，总是快死而终于没死，现在却突然从天而降地亲身出现在我们眼前。她虽然已失去双腿，像最近五年来那样一直坐在轮椅上由别人推着，但依然和往常一样，精神抖擞，泼辣硬朗，扬扬自得，昂首挺胸，对谁都大叫大嚷地命令和训斥。总之，和我到将军家任职以来有幸见过她那两次时完全一样。自然，由于惊愕，我呆若木鸡地站在她面前。她那双锐利的眼睛在百步之外，当她还被人抬着的时候，就认出了我，并叫起我的名字和父名。她总是这样，见面一次就能记住。我脑子里迅速闪过这些想法：“人家还以为她进了棺材，入了土，留下了遗产；可她比我们所有这些人，甚至整个旅馆的人都要活得长！天哪，现在我们这些人将怎么办呢？将军怎么办呢？她马上要把整个旅馆都闹个天翻地覆的！”

"喂，老兄，你是怎么了？站在我面前干瞪着眼！"祖母继续对我嚷着，"你鞠躬、问好都不会，是吗？还是摆起架子，不愿意了吧？要不是认不出来了？波塔佩奇，你瞧，"她转过脸对她那个贴身老仆人说。他是个白头发的老头儿，秃顶发红，但穿燕尾服，系白领带。"你瞧，他认不出我了。他们已给我送葬了！左一封电报右一封电报地问：死了没有？死了没有？哼，我全都知道！可惜的是，您瞧，我活得好着呢！"

"您说到哪里去了，安东妮达·瓦西里耶芙娜！我为什么要盼您死呢？"我定下神来，高高兴兴地答着话，"我只不过有些吃惊……吃惊也难怪呀，这样突如其来地……"

"这有什么奇怪的？坐上火车就来了。车厢里平稳得很，一点儿震动都没有。你是去散步了吧？"

"是，往游艺场那边走了走。"

"这个地方不错，"祖母环顾四周说，"很暖和，树木也很茂密。我很喜欢这里！我们的人都在家吗？将军呢？"

"哦！在家，这个时候肯定都在家。"

"他们在这里还事事按钟点，定了种种规矩吗？讲派头呐！我听说，他们还有专备马车，哼，这些俄国显贵！把家产浪荡光了就跑到国外来！普拉斯科维娅也和他在一起吗？"

“波琳娜·亚历山德罗芙娜也在。”

“那个法国婆娘也在吗？好，所有的人我都能亲自看到。阿列克谢·伊万诺维奇，你引路，直接去他那里。你在这里怎样？好吗？”

“还可以吧，安东妮达·瓦西里耶芙娜。”

“波塔佩奇，你告诉这笨蛋仆役，给我安排一套舒服的房子，要好房子，不要太高，马上把行李搬过去。哎，为什么都抢着来抬我，他们抢什么？真是些奴隶！你旁边这个人是谁呀？”她又回过头来问我。

“是阿斯特列先生。”我回答。

“阿斯特列先生是什么人？”

“是位旅行家，我的好朋友，他也认识将军。”

“英国人。怪不得他光盯着我，可连牙齿都不露一下。不过我倒喜欢英国人。喂，你们抬上楼去吧，直接到他们房间去。他们现在在那里。”

祖母被抬起来了；我沿着旅馆的宽楼梯走在最前面。我们这一行非常引人注目，凡是遇到的人都停下来张目而视。我们这家旅馆是温泉区公认最好、最昂贵和最具贵族气派的旅馆，楼梯和走廊上处处可见雍容华贵的女士和神气十足的英国人。

人们纷纷在楼下向仆役领班打听，他自己也还心神未定。他当然对所有打听的人回答说，这是个了不起的外国女人，一个俄国人，一位伯爵夫人，非常显赫的夫人，她在旅馆里将要租用一星期前N大公爵夫人曾经下榻的房间。祖母坐在轮椅上被人抬着，她那发号施令和威风凛凛的外表是引人注目的主要原因。她遇到任何一个新人立刻就用好奇的眼光把他上下左右打量个遍，大量向我询问关于所有人的情况。祖母出自身材高大的家庭，因此，她虽然不从座椅上起身，看那样子也能觉出她个子很高。她腰挺得很直，不靠在椅背上。硕大而盖满白发的头昂然向上，脸上的线条粗直而鲜明，看起人来的眼光甚至含有某种骄傲和挑战的意味，看得出来，她的眼光和手势完全出乎本性。虽然她已是七十五岁的高龄，脸色却相当润泽，连牙齿也尚未完全脱落。她穿着黑色的绸袍，戴着一顶小白软帽。

“她使我觉得非常有趣呢！”阿斯特列先生和我并肩上楼时在我耳边轻声说。

“她知道那些电报，”我暗想道，“德·格里叶她也知道，不过对布朗什小姐似乎还不甚了解。”我立刻把这个想法告诉了阿斯特列先生。

罪孽深重的人哪！我自己刚刚惊魂稍定，立刻就为将要给将军晴天霹雳般的打击而喜不自胜了。我似乎受到某种挑逗，兴高采烈地走在最前面。

我们那些人住在三层楼上，我没有先去禀报，甚至都没有叩门，而是霍地一下把它推开，然后祖母如同凯旋般地被抬了进来。他们好像是特意在将军的客厅里集合，当时正值中午十二点，他们似乎正在筹计一次出游，有人要乘马车，有的骑马，全体出动。除此之外还邀请了一些熟人。客厅里除将军、波琳娜和弟妹们及女保姆外，还有德·格里叶、布朗什小姐（她又穿着骑马服）、她母亲寡妇康敏太太、一个矮矮的公爵，还有一个搞科学的旅行家，此人是德国人，我还是第一次在他们这里见到他。祖母的座椅正好放在客厅中央，距将军三步远的地方。天哪，当时的情景我是终生难忘的！我们进来之前将军正说着什么，德·格里叶在纠正他。应当说明一下，布朗什小姐和德·格里叶不知什么缘故向那个小公爵大献殷勤已经两三天了，而且在可怜的将军的眼皮底下，这一伙人，尽管可能是做作，但都显得兴高采烈、亲切融洽，如同家人。一看见祖母，将军顿时惊呆了，他一句话没说完就张着嘴停住，并瞪大双眼望着她，如同中了魔一般。祖母也一言不发、一动不动地望着他，但这是多么得意、充满挑战和嘲讽的眼光啊！这两人在周围一片沉默中互相对视足足有十秒钟之久。德·格里叶始则木然，继而脸上立刻呈现出极度的不安。布朗什小姐高耸双眉，张着嘴，虎视眈眈地仔细端详着祖母。公爵和那位学者大惑不解地面对着这幅图景。波琳娜的眼光中表现出特别惊奇和困惑，但她突然面白如纸，一分钟之后又血涌面庞，双颊绯红。的确，对所有的人这都是场灾难！我只是把眼光在祖母和其他人之间来回转动着。阿斯特列先生站在一旁，和平常一样安详而矜持。

“哈哈，瞧，是我来了！而不是电报！”祖母终于最先打破了沉默，“怎么样？没料到吧？”

“安东妮达·瓦西里耶芙娜……伯母……这是怎么回事……”倒霉的将军喃喃地说。如果祖母还有几秒钟不开口说话，他可能都要晕倒了。

“什么怎么回事？坐上火车就来了。要不铁路还有什么用？可是你们大家都以为我已经一命呜呼，给你们把遗产留下了，是吧？我知道你从这里一封封发电报。我想，发电报把钱都花光了吧？从此地发电报可不便宜。可是我把腿一抬，就到这里来了。这是那个法国人吗？好像是德·格里叶先生吧？”

“是的，夫人，”德·格里叶马上接着说，“请您相信，我非常高兴……您的贵体……真是奇迹……能在此地见到您，真是奇妙的机缘……”

“说得倒好，是很奇妙；我可是知道您这个跑江湖的，你的话我连一丁点儿都不信！”她向他伸出了小手指，“你是什么人？”她转过脸来，指着布朗什小姐问，这个身穿骑马服装、手拿马鞭、非常耀眼的法国女人看来使她感到奇怪，“是本地人吗？”

“这是布朗什·德·康敏小姐，这是她母亲德·康敏太太，她们也住在这家旅馆里。”我禀告说。

“这个女儿结婚了吗？”祖母毫不客气地盘问着。

“德·康敏小姐还是位姑娘。”我回答时尽量显得十分敬重并故意放低声音。

“她是个快活人吧？”

我没懂这个问题的意思。

“和她在一起不无聊吧？懂俄语吗？”德·格里叶先生在莫斯科时学过说我们俄国话，不过说得乱七八糟。

我告诉她，德·康敏小姐从未去过俄国。

“您好！”祖母忽地转对布朗什小姐说。

“您好，夫人。”布朗什小姐非常规矩而又文雅地欠了欠身。她急于在极其谦恭而有礼的外表下，尽量用脸部表情和体态对祖母奇特的问题和态度表示不胜惊讶。

“嚯，把眼睛垂下来了，忸忸怩怩，装腔作势，一眼就看得出是个什么角色，一个戏子。我住在这家旅馆的楼下，”她忽然对将军说，“要做你的邻居，你乐意不乐意？”

“哦，伯母！请相信，我发自内心地……感到高兴，”将军赶忙接过话来，他多少已经定神了，他在必要的场合很会把话讲得又得体又神气，而且颇能哗众取宠，所以现在开始滔滔不绝起来，“关于您贵体欠佳的消息使我们十分不安和震动……我们收到的电报都如此令人沮丧，而现在忽然间……”

“哼，你撒谎，撒谎！”祖母立刻打断他的话。

“但您是怎样……”将军也立刻打断她的话，并提高了声音，尽量装得没注意到“你撒谎”这三个字，“您是怎样决定做此一行的？说实在的，您如此高龄，贵体又欠安……至少这一切太突然了，所以我们的惊讶也完全可以理解。但我非常高兴……我们大家（他开始动人而又非常兴奋地笑起来）都将尽力使您在此度过一个最愉快的季节……”

“得了，够了。一派空洞的废话，总是这样一说就没完没了。我自己也能过得好。不过，我不和你们分开，我不记仇。你问我怎么决定的？这有什么奇怪的？简单极了。他们为什么都这么大惊小怪？你好，普拉斯科维娅。你在这里做些什么？”

“您好，奶奶，”波琳娜走到奶奶近前说，“路上走了很久吧？”

“嗯，还是她问得比谁都聪明，不光是哎呀哎呀的。是这么回事：我老是生病，治来治去，最后我把所有的医生都赶跑了，从尼古拉那里招来一个在教堂做杂役的，他用干草末把一个害这种病的女人治好了。嗯，他也把我治好了。第三天出了一身大汗就起床了。后来我的那些德国医生又来会诊，他们戴上眼镜，议论起来：‘如果现在到国外温泉去治一个疗程，就把病根都除了。’我想，倒也是，干吗不走一趟？扎日金家里人都唉声叹气说：‘这么老远您怎么去得了？！’瞧他们说的！我一天就收拾停当，上星期五带上一个小姑娘，还有波塔佩奇，还有那个听差费多尔就上路了。不过我在柏林把这个费多尔打发回去了，因为我看根本用不着他。我本来一个人也到得了……我买的特等车厢，沿路的车站上都有搬运夫，给几个小钱叫他们抬到哪儿就抬到哪儿。嚯，瞧你们租的这房间！”她环顾四周，最后说，“我的老爷子，你哪来这么多钱？你自己的东西可是全部都典当出去了。光这个法国佬你就欠他多少钱！我可是都知道，统统知道！”

“伯母，我……”将军狼狈不堪地说，“我感到奇怪，伯母……我好像可以不需要什么人来监督……何况我也是量入为出的，我们在此地也……”

“哼，你会量入为出？你敢说！你肯定把孩子们那份钱财都掠夺光了，你可真是个好监护人！”

“您既然这样，说这样的话……”将军气恼地说，“我就不知道……”

“你知道什么？！你在这儿大概粘在轮盘赌上了吧？输得精光吧？”

将军受的刺激太大了，他激动得几乎喘不过气来。

“轮盘赌！我？以我的身份……我？您清醒些吧，伯母，您大概身体还欠佳……”

“哼！撒谎，撒谎，大概人家拉都拉不开你，可你还一直在撒谎！我倒要去瞧瞧，轮盘赌是什么样，今天就去。普拉斯科维娅，你对我说说，这里有什么东西可以看看。阿列克谢·伊万诺维奇也会领我去看。波塔佩奇，你拿笔把所有该去的地方都记下。人家在这里都参观什么地方？”她忽然又问波琳娜。

“离此地不远有座城堡的废墟，还有施兰根别格。”

“施兰根别格是什么？是一片树林吗？”

“不，不是林子，是一座山。那里有个瞭望台……”

“瞭望台是怎么回事？”

“就是山上的最高点，周围用栅栏围了起来。从那上面看风景简直无与伦比。”

“那就得把轮椅抬到山上去？能抬上去吗？”

“能，能找到挑夫的。”我回答说。

这时候女保姆费多希娅来向祖母请安，她把将军的孩子领来了。

“算了，别亲嘴了！我不喜欢和小孩子亲嘴，一个个都淌鼻涕。费多希娅，你在这里过得好吗？”

“这里很好，很好，安东妮达·瓦西里耶芙娜老奶奶。”费多希娅回答道，“老奶奶，您怎么样？我们可都为您揪着心哪！”

“我知道，你是个实心人。你们这里是怎么回事？总是有客人吗？”她又问波琳娜，“这个戴眼镜的小矮子是什么人？”

“是尼尔斯基公爵，奶奶。”波琳娜轻声告诉她。

“啊，原来是俄国人？我还以为他不懂我的话呢！也许他没听见！我已见过阿斯特列先生。瞧，他也到这里来了。”祖母看见了他，“您好！”祖母忽然对他说。

阿斯特列先生默默地对她鞠了个躬。

“嗯，您有什么好的话对我说吗？说几句吧！波琳娜，把这话翻译给他听。”

波琳娜翻译了。

“我要说的是我看见您非常愉快，并为您身体健康而高兴。”阿斯特列先生郑重其事但特别真诚地说。他的话被翻译给祖母听了，她很高兴。

“英国人总是善于对答，”她说，“不知为什么我总是很喜欢英国人，那些法国佬简直不能和他们比！请您来赏光吧，”她又对阿斯特列先生说，“我尽力不来打扰您。你把这话翻给他听，我就住在这下面，在这下面，听见了吗？在下面，在下面。”她用手指指着下面反复地对阿斯特列先生说。

阿斯特列先生对她的邀请感到非常满意。

祖母用仔细而满意的眼光把波琳娜从头到脚地打量了一番。

“普拉斯科维娅，我是会喜欢你的，”她忽然说，“你真是个好姑娘，比他们谁都强，可你那鬼脾气，真了不得！不过，我也是个有脾气的人。你转过身来让我看看，你头上没戴假发吧？”

“没戴，奶奶，都是我自己的头发。”

“这就好，我可不喜欢如今这个愚蠢的时髦。你非常漂亮。我要是个青年男子，就要爱上你的。你为什么还不嫁人？算了，我也该走了。想要散散心去，这些天老是坐火车，坐火车……你是怎么了？还在生气？”她对将军说。

“哪里话，伯母快别这样说！”将军高兴了，赶紧说道，“我明白，您是上了年纪的人……”

“这个老太婆变成小孩子了。”德·格里叶对我耳语。

“我在此地什么都想观光观光。你把阿列克谢·伊万诺维奇让给我吧？”祖母继续对将军说。

“嗯，全随您的意，我自己也……还有波琳娜和德·格里叶先生……我们，我们大家全都以陪伴您为一大快事。”

“夫人，这的确是件快事。”德·格里叶表示同意地说，并做出很动人的笑脸。

“得了，得了。什么快事？我的老爷子，我觉得你真可笑。不过，钱我是不会给你的，”她忽然又对将军补上一句话，“现在到我的房间去吧；我要看看，然后就到其他地方都走走。喂，你们抬起来吧。”

祖母又被抬起来，大家都跟在轮椅后面，鱼贯下楼。将军走路的神态就好像头上挨了一闷棍，被打晕了一样。德·格里叶若有所思。布朗什小姐本想留下，但略加思索，还是决定和大家一起走。公爵立刻尾随而行，楼上将军的房间里只剩下那个德国人和寡妇康敏太太。

第十章

在各个温泉地——似乎在整个欧洲都如此——旅馆经理和仆役领班在给客人分配住室时，与其说是根据客人的要求和愿望，不如说是根据他们自己对客人的看法，而这种看法，应该说，很少会错。但不知为什么他们给祖母安排的房间却未免阔绰得过头了：四个陈设华丽的房间、浴室、仆人住房、专门的化妆室，诸如此类。一星期以前确有某位**显贵的夫人**曾下榻于此，不言而喻，此事当即向全体来客宣布，借以抬高那套房间的价格。人们抬着，或者说得准确些，推着祖母巡视所有的房间，她看得很认真、很严格。领班是个秃顶上了年纪的人，在祖母第一次查看房间时，他毕恭毕敬地陪着。

我不知道他们都把祖母当成什么人了，但看来是把她当成一位特别显要，而主要是特别有钱的人物。他们立刻在登记簿上写下：“**塔拉谢维切娃将军夫人和公爵夫人。**”虽然祖母从来没当过公爵夫人。她的名气大概是从贴身仆从、专用包厢，以及与她同车到达的不计其数的有用无用的皮箱、木箱、盒子之类开始的。而终于使人人普遍对她肃然敬服的是她的性格，她说话时断然的语调和声音，她的种种怪问题以及提问题时那种无所顾忌和不容置疑的表情，一句话，是祖母那种昂然、激烈和威风凛凛的整体神态。在看房间时，祖母往往忽然命令把轮椅停住，指着陈设中的某件什物，对恭恭敬敬赔着笑脸但已开始怯懦不安的领班提出种种意想不到的问题。祖母是用法语提问题，不过她法语说得相当蹩脚，所以得由我来翻译。领班的大多数回答她都不喜欢、不满意。而她问的问题也好像总是与正题无关，天晓得她问它做什么。譬如，她忽然在一幅复制得不好的神话题材的名画前停下来，问道：

“这是谁的画像？”

领班回答道，大概是某位伯爵夫人的。

“你怎么不知道？你就住在这里，居然不知道。为什么把它挂在这里？眼睛为什么是斜的？”

对所有这些问题领班都不能做出满意的回答，他都惶然失措了。

“瞧这个胡说八道的家伙！”祖母用俄语说。

人们继续推着她往前走。在一个萨克逊的小塑像前这种场面又重演了一次，祖母端详了很久之后，命令把它搬出去，也不知道是何原因。最后她又没完没了地问领班：卧室里的地毯价值多少？哪里织的？领班唯唯答应去打听。

“真是些蠢驴！”祖母嘟囔了一声后，又把全部注意力转移到床上。

“看这床罩有多华丽！翻开它。”

被褥翻开了。

“再翻开，再翻开。全都翻开。把枕头、枕头套都取下来，鸭绒褥掀起来。”

所有的东西都翻开了，祖母仔细查看了一遍。

“不错，他们这里没有臭虫。所有的被单统统不要！铺上我的床单和我的枕头。这些东西都太华丽了，我这老太婆如何住这种房间？我一个人闷得很。阿列克谢·伊万诺维奇，你不教孩子的时候常到我这里来吧。”

“我从昨天开始已不效力于将军了，”我回答说，“我住在这家旅馆里完全是独立的。”

“这是为什么？”

“不久前此地来了一对显要的德国男爵夫妇，从柏林来的。昨天我在散步时和他们说德语，没有按照柏林标准发音。”

“那又怎样呢？”

“他认为我这是粗鲁无理，向将军表示抱怨，将军昨天当即辞退了我。”

“你是不是骂了他，骂了那个男爵？（即便骂了，又有什么了不起！）”

“哪里，根本没有。倒是男爵对我举起了手杖呢。”

“你这个废物，居然能允许别人这样对待你的家庭教师，”她忽然对将军说，“而且还要把他赶走！笨蛋，我看你们全是一群笨蛋！”

“伯母，您请放心，”将军以略带傲慢随便的口吻回答道，“我自己知道如何处理自己的事。再说阿列克谢·伊万诺维奇对您说的也不全属实。”

“你居然忍受下来了？”她问我。

“我本来要向男爵提出决斗，”我尽可能平静而谦恭地回答道，“可是将军反对。”

“你为什么反对？”祖母又对将军说，“你去吧，老弟。叫你的时候你再来。”她又对领班说，“别咧着嘴站在这儿，我可受不了这副纽伦堡嘴脸！”领班鞠躬告退了，他当然没听懂祖母对他的恭维话。

“请原谅，伯母，怎么可能进行决斗呢？”将军讽笑着回答。

“为什么不能？男人都是公鸡，让他们斗斗多好。我看你们都是些废物，自己祖国的荣誉都不会保护。喂，抬起来吧！波塔佩奇，你去吩咐一下，要随时有两个挑夫听候着，去雇好，讲好价钱。两个人就够了。只有上下楼梯需要抬，平路和大街上只要推就行。你这么说，而且先付钱，这样他们会更恭顺些。你自己要总待在我跟前。而你呢？阿列克谢·伊万诺维奇，散步的时候指给我看看。我倒要看看，是个什么样的男爵。对了，轮盘赌场在哪里？”

我告诉她，轮盘赌场设在游艺场的大厅里。接着她问：赌场多吗？赌的人多吗？是不是整天赌？怎么个赌法？我最后回答说，这些都最好亲眼看看，很难描述清楚。

“好吧，那就直接推我到那里去！你走在前面，阿列克谢·伊万诺维奇！”

“怎能这样呢，伯母，难道您旅途辛苦之后都不休息一下？”将军关切地问道。他似乎有些手忙脚乱。他们都好像有些不安，开始面面相觑。大概他们都觉得有些为难，甚至羞于陪同祖母直接去游艺场，因为她当然可能在那里做出惊人之举。那可是在公众面前。虽然如此，但他们一个个都自告奋勇要陪她去。

“我休息什么？我不累，这五天都坐够了。然后再看看这里的泉水和矿泉是什么样子，在什么地方。再以后……去看那个……普拉斯科维娅，那个什么来着，瞭望台？”

“是瞭望台，祖母。”

“瞭望台就瞭望台吧。这里还有什么呢？”

“这里有许多地方，祖母。”波琳娜觉得为难了。

“算了，你自己也不知道！玛尔法，你和我一起去。”她对自己的梳洗女仆说。

“伯母，何必要她去呢？”将军忽然忙着说，“再说，也不允许。连波塔佩奇都未必允许进游艺场呢。”

“简直胡说！因为她是仆人，就把她扔下不管，她也是活人，在路上奔波了一星期，她也想见识见识。她不跟我去，还能跟谁去？她一个人连大街都不敢上。”

“可是，伯母……”

“你和我在一起觉得难为情，是吗？那你就留在家里吧，又没有要你去。你这算个什么将军，我自己也是将军夫人。其实，我也用不着拖你们这么条长尾巴。我和阿列克谢·伊万诺维奇两个人什么都能看……”

但德·格里叶却执意要全体都去陪伴，而且说了一大堆陪伴她是一种愉快之类的客套话。大家都动身了。

“*她简直像个孩子，*”德·格里叶对将军又说了一遍，“*她一人去肯定会干出许多蠢事来……*”后面的话我没听清。显然他有某种打算，甚至可能又产生了一些希望。

到游艺场有半俄里路程。我们沿栗树林荫道直到街心公园，然后绕过它直往游艺场。将军多少有些放心了，因为我们这一路虽然相当不同寻常，倒也十分神气和体面。何况温泉来了一个身体羸弱和没有腿的病人，这件事本身也不值得大惊小怪。但是，将军显然害怕游艺场——一个失去双腿的病人，还是个老妇人，去轮盘赌场做什么？波琳娜和**布朗什小姐**分别走在轮椅两旁。**布朗什小姐**笑盈盈的，快活之中显得谦恭，有时甚至非常殷勤地逗引祖母开心，最后，竟受到了她的夸奖。那一边的波琳娜则务必回答祖母顺口就提的无数问题，如：这个走过去的男人是谁？这个女人又怎么样？城市大不大？花园大不大？这是什么树？这是什么山？此地有没有老鹰？那个房顶可笑不？阿斯特列先生和我并肩而行并轻声在我耳边说，他看今天上午会出许多事。波塔佩奇和玛尔法紧随在轮椅后面。波塔佩奇穿燕尾服，系白领带，但戴便帽；而玛尔法是四十岁的老姑娘，面颊红润，但头发已开始发白，她戴一顶圆便帽，穿印花布连衣裙和吱吱响的山羊皮鞋。祖母不时回过头去和这两个人说话。德·格里叶和将军离得较远，两人在很激烈地说着什么。将军神情非常沮丧，德·格里叶说话的态度很坚决，可能是要将军打起精神，显然在给他出主意。不过刚才祖母一言已出：“我不会给你钱的。”难以挽回了。也许，对于德·格里叶来说这一消息是难以置信的，可将军却非常了解自己的伯母。我发现，德·格里叶与布朗什小姐不断相互使眼色。至于那个公爵和德国旅行家，我在林荫路的尽头处才看见——他们留在后面，丢下我们到别处去了。

我们如同一群凯旋者一般来到游艺场。此处看门人和仆人的毕恭毕敬之状与旅馆里的仆役相同，不过他们的眼里还露出好奇。祖母先吩咐推她去各大厅看一遍。她对有的东西大加赞赏，对有的完全无动于衷，但事事都详加询问。最后来到赌场。赌场紧闭大门，站在门口的仆人如同岗哨，他似乎大为震惊，立刻猛地将大门敞开。

祖母在轮盘赌台前的出现给众人的印象极为深刻。在各轮盘赌台以及赌场深处三十或四十赌台前聚集着一百五十到二百名赌客，他们分站成几排。挤到前面紧挨着赌台的人通常都牢牢占着自己的位置，不到把钱输光决不让开。因为空占一个赌客的位置而只充当看客是不允许的。赌台前虽有椅子，但坐下来的赌客不多。特别是人多的时候，因为站着可以挤得更紧，更便于占位置和下赌注。第二排和第三排的人都紧挨在第一排后面，注意等着自己的机会。有时他们等不及了，就伸手越过第一排去下注。连第三排的人有时也这样钻到前面去下注。因此，往往隔十分钟，甚至五分钟，在赌台的某一端就会发生一起因赌注而引起的纠纷，不过游艺场内的警察十分干练。拥挤当然无法避免，但人如潮涌是件值得高兴的事，因为这样能赚钱。八个庄家坐在赌台四周，睁大着眼睛盯着赌注。他们算赌账，解决各种争端，万不得已时则叫来警察，纠纷立刻就能解决。警察就在赌场内，身穿便服，夹杂在看客之间，所以大家都认不出来。他们特别注意扒手和骗子。由于干起来方便之极，这两种人在轮盘赌场也特别多。在其他任何地方行窃都要掏腰包或撬门锁，搞不好就惹出麻烦，不好收场。在这里事情很简单，只要走到轮盘赌台前赌起来，然后忽然明目张胆地把别人赢的钱拿过来放进自己的口袋。即使发生争吵，骗子也会大言不惭地坚持说那是他下的赌注。如果他手脚做得很乖巧，证人又有所动摇，这个骗子往往还能把官司打赢，捞一笔钱。当然，这通常是数目不大的钱。这种情况往往会被庄家或其他赌客发现，但只要数目不大，连那笔钱的真正主人有时也不肯吵下去，免得闹事丢人，宁肯一走了之。如果骗子被当场揭穿，就立刻把他轰出去了事。

祖母从远处观看这一切，看得简直着了迷。她特别喜欢看把扒手撵出去的场面。她对赌**三十或四十**不大感兴趣，而更喜欢看轮盘赌和滚小球的情景。她终于说想到近前去看看。我都不明白是怎么搞的，虽然很挤，赌场的仆人和几个快手快脚的管事（这多半都是些输光了钱的波兰人，他们总是自告奋勇地为那些交好运的赌客和所有外国人出力效劳）顿时为祖母在赌台中间紧挨着庄家的地方腾出了位置，把她的轮椅推了过去。许多在旁边看而不赌的游客（多半是携家前来的英国人）立刻向赌台挤来，想从赌客们身后瞧瞧祖母，拿着长柄眼镜对着她举了起来。几位庄家都大抱希望：如此一位不同寻常的赌客肯定预示着要发生某种不同寻常的事。一个失去双腿、年逾古稀而又想赌钱的女人——这本身当然就是件非同寻常的事。我也挤近赌台，站在祖母身旁；波塔佩奇和玛尔法站在远处人群之中；将军、波琳娜、德·格里叶和布朗什小姐也站在一旁，混杂在看客中。

祖母起初是端详赌徒们。她半耳语地对我发出一连串连珠炮似的问题：这个男人是谁？那个女人是谁？她特别注意站在赌台顶端的一个非常年轻的人，他赌的数目很大，每注下几千法郎之数。周围的人都窃窃私语，他已赢了四万法郎之多，面前的金币、银行期票成堆。他脸色苍白，眼睛闪闪发亮，双手颤抖，下注时毫无算计，随手掷下，但不断地赢钱，不断地把钱拢到自己面前。仆人们围着他团团转，给他从后面端上座椅，在他旁边腾出更大的地方，好让他动作起来更方便，不挨挤。他们这样做都是为了得到一笔丰厚的赏钱。有些赌客赢了钱，有时就连数都不数地给他们赏钱，由于高兴而信手撒钱。这个青年人身旁已经有个波兰佬在拼命卖力，他恭恭敬敬而又不停地在他身旁嘀咕着，大概是告诉他应该怎样下注，给他出主意、做指导。当然他也是想事后得赏钱。但青年赌客几乎看也不看他一眼，照旧随意下注，并且不停地赢钱。他好像有些神志不清了。

祖母观察他达几分钟之久。

“你告诉他，”祖母忽然着急起来，用胳膊肘推着我说，“你告诉他，叫他别赌了，赶快拿起钱就走。他要输了，马上统统都输掉！”她急急忙忙地说，紧张得几乎喘不过气来，“喂，波塔佩奇在哪里？叫波塔佩奇去告诉他！你去说，你去说呀！”她又推着我，“喂，波塔佩奇到底在哪里？**走吧，走吧！**”她自己对那个青年人喊了起来。我俯身在她身边低声但坚决地说，此地不能高声喊叫，甚至稍略高声说话都不允许，因为这有碍算账，人家会马上把我们赶出去的。

“唉，真糟糕！这个人完了，他自作自受……我不能再看他，浑身都难受。真是个糊涂虫！”祖母立刻转过脸去看另一边了。

赌台左半边的赌客中有位年轻的太太颇惹人注目，她身旁是一个侏儒般的矮子。此人是谁？是她的亲戚，还是她带来招摇过市的？我都不得而知。我以前就注意到这位太太，她每天下午一时在赌台前面露面，二时整离去，每天赌一小时。赌场中的人已认识她，她一来就给她摆好椅子。她从口袋里取出几枚金币和几千法郎银行期票，不动声色、心中有数地下注。每次都用铅笔在纸上记下各种数字，试图找出在一定时间内各种机会出现的规律。她下注的数目相当大，每天赢一千、二千，最多赢三千法郎，以此为限，赢后立刻离去。祖母对她打量了很久。

“嗯，这个女人是不会输的！这样的女人是不会输的！她是什么身份？你知道吗？是个什么人？”

“是个法国女人，想必是那种……”我悄悄地说。

“怪不得，看样子就是。看得出来她爪子尖得很。你现在给我解释清楚，每一转是什么意思？该怎么下注？”

我尽可能详细地给祖母解释：**红色与黑色、双数与单数、缺额与超额**等各种花样的意义和各套数字的细微差别。祖母听得很认真，努力记住，反复询问并且背了下来。每套赌法都可以当即举例说明，因此很容易记住和背下来。祖母非常满意。

“那么零是怎么回事？刚才这个庄家，就是那个鬈发的，那个首席庄家，他干吗喊了声零？为什么他把桌上所有的钱都扫到自己前面了？好大一堆呢！他怎么能拿去？这是什么意思？”

“是这样的，祖母，零表示庄家赢了。如果小球落到零上，赌台上的钱统统归庄家，连算都不必算。当然还要重击一次球，但庄家可分文不付。”

“这可不怎么样！那我就什么也得不到啰？”

“那倒不见得，祖母，如果在此之前您把注押在零上，而出来的又是零，就得给您付三十五倍的钱。”

“什么，三十五倍？零常出来吗？这些人为什么不把注押在零上，不是傻瓜吗？”

“三十六次中只有一次机会呀，祖母。”

“这是胡说！喂，波塔佩奇！波塔佩奇！对了，我自己身边有钱，你看！”她从口袋里拿出装得满满的钱袋，从中取出一个腓特烈金币，“来，你给我押在零上。”

“祖母，零刚才出过了，”我说，“所以要过很久才会出来。您会输掉很多的，稍稍等等吧。”

“别胡说，押上吧！”

“听您的吩咐。可这零大概到晚上都不会出来，您会输掉上千的。这种事可是常有的。”

“全是胡说，胡说！怕狼就别到森林里去。怎么？输了？再押！”

第二个金币也输了；又押了第三次。祖母几乎坐不住了，她的眼睛像燃烧一样，冒着火光，紧紧盯着在轮盘小槽内跳动着的小球。第三个金币又输了。祖母已不能控制自己，再也不能安坐，庄家没有喊出零，而是喊出“三十六”，她甚至用拳头在赌台上猛击了一下。

“见他的鬼！”祖母生气了，“这个该死的小圆点怎么还不出来？我非等到‘零’出来不可，否则就不活了！是这个鬈毛鬼庄家存心这样搞，老不让‘零’出来！阿列克谢·伊万诺维奇，一次押下两个金币！否则，如果像刚才这样的赌注，即便出来零，也拿不了多少钱。”

“祖母！”

“押上，押上！又不是你的钱。”

我押了两个金币。小球沿着轮盘滚了很久，然后在槽沟里跳动。祖母屏住了呼吸，紧紧地捏住我的手，忽然，“啪”地响了一声。

“零。”庄家宣布说。

“你看，你看呀！”祖母迅速地对我转过脸来，她容光焕发，得意扬扬，“我对你说了吧，我对你说了吧！是上帝亲自对我显灵，要我押两个金币。我现在该得多少钱？为什么不给我付钱？波塔佩奇和玛尔法去哪里了？我们家那些人都哪里去了？喂，波塔佩奇，波塔佩奇！”

“祖母，等一等，”我悄悄说，“波塔佩奇候在大门口，不允许他进到这里来。看，祖母，人家给您付钱呢，收下吧！”人家丢给祖母沉甸甸的一扎未开封的用蓝纸包着的五十腓特烈金币，另外还数给她已开封的二十腓特烈金币。我用小耙把这些钱都耙到祖母面前。

“各位先生，请下注！各位先生，请下注！还有人下注吗？”庄家高声询问道，一面请大家下注，一面准备开动轮盘。

“老天爷！我们晚了！马上就开转了！押上，押上吧！”祖母着急起来，“别再拖了，快点。”祖母生气了，用力推着我。

“押到哪里呀，祖母？”

“押到‘零’上，押‘零’！再押‘零’！下注愈大愈好！我们一共有多少钱？七十腓特烈金币？别舍不得，每次押上二十腓特烈金币。”

“祖母，您清醒些呀！零有时连着二百次都不出来呢！我保证您这样会把全部本钱赔掉的。”

“哪里话，你瞎说！你瞎说！真是饶舌！我自己做事自己当。”祖母在狂热之中全身都颤抖起来了。

“按规矩在‘零’上下注每次不得超过十二腓特烈金币，祖母。”我下了注。

“为什么不允许？你不是瞎说吧？先生！先生！”她推了一把坐在她左边的庄家，他正准备开盘，“零下多少？十二？十二？”

我赶紧用法语把她的问题解释一下。

“是的，夫人。”庄家礼貌地回答，“正如每次下注不得超过四千弗罗林一样，都是章程规定的。”他补充解说。

“算了吧，没办法，就下十二腓特烈金币吧！”

“赌局开始！”庄家一声高喊，轮子转动起来，出来的是“十三”。我们输了！

“再来！再来！再来！再押！”祖母高喊着。我已不再反对了，耸耸肩膀，又押了十二腓特烈金币。轮子转了很久，祖母盯着轮子的时候简直全身在颤抖。“难道她真还想在‘零’

上赢钱？”我暗想道，并怀着诧异的心情望着她。她脸上焕发着确信必赢的光彩和认定立刻会喊出“零！”来的表情。小球终于跳进了小格中。

“零！”庄家喊了出来。

“怎么样！！！”祖母看着我，她是那样得意，简直都发狂了。

我自己是个赌徒，对这种心情此刻能够体会。我的手臂和双腿颤抖着，脑中嗡嗡作响。这当然是个机遇，十来次内竟出来三次“零”。不过，也无甚特别奇怪之处。我前天就亲眼看见“零”连出三次，而当时有一个曾经在纸上十分认真做计算的赌徒大声宣布，头一天整整二十四小时内“零”只出来一次。

祖母作为最大的赢家受到特别关注和尊敬的礼遇。她该得四百二十腓特烈金币，即四千弗罗林和二十腓特烈金币。给她付了二十腓特烈金币，四千弗罗林则付银行期票。

这次祖母不再叫波塔佩奇了，她已有了新的念头。看上去她也不再坐立不安和身躯颤动了。要是可以这样说的话，现在她的灵魂在颤抖。她全部身心都集中于某一念头上，她被它紧紧地缠住了。

“阿列克谢·伊万诺维奇！他刚才不是说一次只可押四千

弗罗林吗？给你，拿去，把这四千都押在‘红’上。”祖母下定了决心。

劝阻是徒劳的。轮子转动了。

“红色！”庄家宣布道。

又赢了四千弗罗林，也就是说统共有八千。

“四千给我放到这里，再拿四千再押‘红’。”祖母命令说。

我又押了四千。

“红色！”庄家又一次宣布。

“总共一万二千！都放到这里。金币倒到钱袋里，期票收起来。”

“够了！回去吧！推轮椅！”

第十一章

轮椅推到赌场尽头的门边。祖母容光焕发。大家立刻簇拥而上，向她致贺。无论祖母举止是多么离奇反常，但她的辉煌胜利弥补了许多，将军已不再害怕因与这样一位奇怪的女人有亲戚关系而在公众面前丢面子了。他像安慰小孩一样，带着宽容、随和、快活的笑容向祖母祝贺。不过，他显然也像所有的看客一样极为震动。周围的人们都望着祖母议论纷纷，许多人从她身边走过想从近处看看她。阿斯特列先生站在旁边和他认识的两个英国人在谈论她。看客中几个派头十足的女士像观赏某种奇迹一样以一种派头十足的疑惑表情打量着她。德·格里叶则笑容满面，祝贺之声不绝于口。

“真是了不起的胜利！”他说。

“啊，夫人，真是战果辉煌！”布朗什小姐说，满脸堆着讨好的微笑。

“对啰，我一赌就赢了一万二千弗罗林！不是吗？岂止一万二千，还有腓特烈金币呐，连腓特烈金币算上有一万三千。这换成卢布是多少？有六千吧，是吗？”

我禀报说，不止七千，按照眼下的比率，大概要合八千卢布。

“乖乖！八千！可你们这些废物坐在这里，整天无所事事！波塔佩奇，玛尔法，看见了吗？”

“老奶奶，您这么有本事！八千卢布！”玛尔法扭动着身体，惊叫道。

“拿着吧！我给你们每人五个金币，来！”

波塔佩奇和玛尔法急忙上前吻她的手。

“每个挑夫也赏一个腓特烈金币。给他们金币，阿列克谢·伊万诺维奇。这个仆人鞠躬干什么？那个也鞠躬？是祝贺我吗？也给他们每人一个金币吧。”

“公爵夫人……我是个可怜的流亡侨民……总是颠沛流离……俄国的公爵是以慷慨闻名的。”在她的轮椅旁边有个衣着褴褛、穿花背心、满脸胡子的人在纠缠着，他把帽子伸得远远地，卑屈地笑着……

“也给他一个腓特烈金币吧。不，给两个吧。够了，要不然这些人没完没了。抬起来，走吧！普拉斯科维娅，”她对波琳娜·亚历山德罗芙娜说，“我明天给你买件衣服。给她，那个小姐……她叫什么？是叫布朗什小姐吧，也买一件！你翻给她听，普拉斯科维娅！”

“谢谢，夫人。”布朗什小姐殷勤备至地欠了欠身，她撇了撇嘴，和德·格里叶与将军相互交换了一丝讽笑。将军颇有困窘之色，等我们走上林荫路后才十分高兴。

“费多希娅，还有费多希娅呢，我想，她现在准要大吃一惊，”祖母想起了她认识的将军家的保姆，“也该送她一件衣服。喂，阿列克谢·伊万诺维奇，阿列克谢·伊万诺维奇，也赏点钱给那个乞丐吧！”

有个衣着褴褛不堪、弓背曲腰的人从我们身旁走过，并看着我们。

“祖母，这可能不是乞丐，而是个骗子。”

“给他！给他！给他，给他一个盾！”

我走上前去给钱。他粗野而又莫名其妙地看了我一眼，默默地收了钱。他身上有股酒味。

“阿列克谢·伊万诺维奇，你还没去碰碰运气吗？”

“没有，祖母。”

“可你眼睛都红了，我看出来了。”

“我要试试的，祖母，以后一定去。”

“你就押在‘零’上！你看我！你有多少本钱？”

“祖母，我一共只有二十腓特烈金币。”

“不多。你要是愿意，我借给你五十腓特烈金币。来，给你这一沓吧，拿着！至于你，老爷子，别指望，我是不会给你的！”她忽然冲着将军说。

他老大不高兴，但未发一言。德·格里叶皱眉了。

“**真是见鬼，这老太婆真可怕！**”他咬牙切齿地对将军说。

“乞丐，乞丐，又一个乞丐！”祖母叫了起来，“阿列克谢·伊万诺维奇，给他一个盾！”

这次我见到的是个白发老人，他支着一条木头假腿，穿一件蓝色的长襟上衣，双手撑着根长手杖，像一个老兵。我递给他一个盾，他后退了一步，严厉地望着我。

“**见你的鬼吧，什么东西！**”[①]他怒喊道，还骂了一连串难听的话。

“去他的吧，傻瓜！”祖母也喊了一声，把手一挥，“你们继续往前推呀！我饿了！现在马上吃饭，然后我稍稍躺躺，再到那里去。”

“您还想赌吗，祖母？”我惊叫道。

“你还以为怎样呢？你们自己一个个坐在这里闲得发慌，还要让我也就这样干瞧着你们？”

“**可是，夫人，**”德·格里叶近前一步说，“**好运未必再来，一次坏机缘能使您全部丢光的……尤其是您总下那么大的赌**

① **原文是德文。**

注……真是可怕得很！”

“您一定会输的，您一定会输掉的。”布朗什小姐也像小鸟一样叽喳着说。

“这和你们有什么关系？我输的又不是你们的钱，是我自己的钱！那个阿斯特列先生在哪里？”她问我。

“他留在游艺场了，祖母。”

“可惜，这才是个好人。”

回来以后，祖母还在楼梯上就遇上了仆役领班，并叫他到跟前，把赢钱的事夸耀一番。后来她又叫来费多希娅，赏了她三个金币，并吩咐开饭。进餐时，费多希娅和玛尔法极尽阿谀奉承之能事。

“我一面瞧着您，老太太，”玛尔法不停地唠叨说，“一面对波塔佩奇说，咱们老太太想干什么呀？可那桌上的钱，老天爷，那钱！我这一辈子也没见过那么多钱，周围坐着的可都是些老爷，都是老爷。我说，波塔佩奇，这些老爷都是哪里来的呀？我心里寻思，圣母娘娘保佑她吧。我一直为您祈祷，老太太，可心里跳得哟，跳得哟，我直哆嗦，全身都哆嗦。心里想，老天爷保佑她吧，果然，老天爷给您送来了。老太太，我现在都还哆嗦呢，浑身都哆嗦。”

“阿列克谢·伊万诺维奇，午饭以后，四点左右，你准备好，我们去。现在再见，可别忘了给我叫医生来，还得要喝矿泉水。要不然都忘了。”

我从祖母处出来时如同身坠云雾之中。我努力想象，这一家人将会怎样，事情又将怎样发展？我看得很清楚，他们（主要是将军）都还没恢复常态，甚至还处在最初的手足失措的状态中。他们曾心急如焚地盼望着祖母的死讯（这意味着继承遗产），结果祖母竟不期而至，这个事实把他们一整套计划、决策砸得粉碎，因此对祖母来后在轮盘赌上的功绩竟全然不知该做何反应，一个个呆若木鸡。其实这第二件事比第一件事是更为重要的，因为，祖母虽然说了两次不给将军钱，然而事情尚在未知之中，还不应完全放弃希望。德·格里叶是对将军的一切事务都已介入的人，他就未放弃希望。我确信，同样介入极深的布朗什小姐（其中奥妙不言自明：将军夫人与一笔可观的遗产！）也不会放弃希望，一定要在祖母前使出浑身解数来讨好献媚，这和骄傲执拗而不善于讨人喜欢的波琳娜恰成对比。可是现在，当祖母在轮盘赌上获得如此辉煌的成果之后，她的个性在他们心目中已留下如此鲜明、典型的印象（一位固执、霸道而又如同小孩子一样的老太婆），可以说，一切都完了，因为现在她为赢到了钱而高兴得像个小孩子，这种人照例会输得精光的。“天哪！”我想（原谅我吧，上帝，我竟由于幸灾乐祸而心花怒放了），“天哪，现在祖母下的每个金币赌注都要使将军心如刀割，令德·格里叶气急败坏，叫德·康敏小姐愤恨欲狂，因为这无异于一勺美味到她嘴边又被拿走了。除此之外，还有这样一件事实也是不能置若罔闻的：祖母甚至在赢钱后兴高采烈地见人就给赏钱，把每个路人当作乞丐，同时却对将军脱口说出了‘我是无论如何也不会给你的’这样的话。这就是说，她已认定这个主意，死死抱住不放，绝不收回自己的话。危险哪！危险哪！”

我从祖母处出来，沿着富丽堂皇的楼梯走到最高一层我自己的卧室中去，这些思绪一直在脑中千回万转。当然，我原来也能大体画出把我面前这些演员串在一起的粗线条，但对这场游戏的全部伎俩和秘密终究不知底细。波琳娜从不对我百分之百地推心置腹。固然偶尔她也似乎是在不自觉之中对我打开心扉，但我发现，在这种表露之后，她常常，几乎是每次，把说过的话统统化为笑谈，或是又含糊其辞，有意使之真假难辨。唉！有许多事她都还瞒着！但我无论如何都预感到，这种神秘而紧张的状态统统都快要了结了。只需最后一击，一切都要了结，真相也会大白。我自己的命运虽然也与这一切休戚相关，但我几乎已完全把它置之度外。我的心情也是够奇怪的：囊中统共只有二十个腓特烈金币，远在异国他乡，无安身之处，又无谋生之路，前途渺茫，毫无打算——可却全然不为此操心！若不是想到波琳娜，我会放开心思，尽情咀嚼将要来临的收场戏的喜剧意味，放声大笑。然而，波琳娜使我惶惑不安，她的命运决定于旦夕之间，我有此预感，但我要忏悔的是，我所放心不下的根本不是她的命运。我是想窥视她的隐秘，我多么希望她来到我的身旁并且说“其实我爱你”。如若不然，如果这是不可思议的狂想，好嘛……唉，那又还有何求呢？难道我知道我自己的愿望吗？我好像已不能自已，我只要能在她面前，在她的灵光照耀之下，如此终生，直到永远。此外我什么都不知道！难道我能舍她而去？

在他们住的三层楼的走廊上，我忽地猛然一惊。我回头一看，看见波琳娜正从二十几步开外的房门里走出来。她好像是在等候和窥视着我，并立刻示意要我走过去。

“波琳娜·亚历山德罗芙娜……”

“小声点！”她提醒我说。

“您想想看，”我悄声说，“刚才我似乎背上猛地一震，一回头，竟然是您！好像您身上能放出一股电流似的。”

“请拿上这封信，”她紧锁双眉，心事重重地说，大概没听清我说什么，“并请立刻交给阿斯特列先生亲收。要赶快，我请求您。不必等回信。他自己……”

她没把话说完。

“给阿斯特列先生？”我惊讶地又问一声。

但波琳娜已进到门里去了。

“啊，原来她和他之间通着信呢！”我当然立刻跑去找阿斯特列先生，我先去他的旅馆，未遇，然后又去游艺场，跑遍了所有的大厅。当我终于在沮丧和绝望的心境中回来时，无意中遇见了他，他正和一群英国人骑马出游，男男女女都有。我向他示意，让他停下，并把信交给了他，匆忙中我们都没互相看一眼。我怀疑，阿斯特列先生是有意尽快策鞭而去的。

我为忌妒所苦吗？不过，我心已碎，根本无意去探悉他们信中的内容了。如此说来，他是她的心腹之人了！“朋友固然是朋友，”我暗想道，“这是十分清楚的事（什么时候他成了朋友也清楚），但这里有爱情吗？”“当然没有。”理智在小声地对我说。但在这种事情上光凭理智是不够的。无论如何，这也得搞清楚。真叫人不快，事情愈来愈复杂了。

我还没走进旅馆大门，看门人和仆役领班就从房间里走出来告诉我，他们正在找我，打发人来探问了三次我的去处，并要我尽快去将军的房间。我心绪极坏。将军房间里除他本人外，还有德·格里叶和布朗什小姐，小姐的母亲不在。这个母亲纯粹是个做道具的人物，用来装门面而已。到办理正经事情时，布朗什小姐总是独自行事的。何况这位妈妈也未必对自己这个所谓女儿的事知其一二。

这三个人正在热烈商讨一件事，连房门都反锁上，这是从来没有的事。快到门口时，我听见里面说话声音极高，德·格里叶口气粗鲁而刻薄，布朗什在疯狂无耻地叫骂，将军的声音十分可怜，他显然在为自己的什么事辩解。一看见我，这三个人似乎都有所收敛和抑制。德·格里叶抚平头发，把怒容换成笑脸，不过这正是我深恶痛绝的那种装得彬彬有礼而叫人恶心的法国式笑脸。一蹶不振和丧魂落魄的将军像机器似的调整了姿势，昂首挺胸起来。唯独布朗什小姐满脸怒火的尊容几乎未改，不过缄口不语了，用迫不及待的眼光直盯着我。顺便说一句，在此之前她对我怠慢无礼至极，我给她点头鞠躬她都不理，根本不把我放在眼里。

“阿列克谢·伊万诺维奇，”将军以温柔之中含有责备的语调开始了，“请允许我对您说，您对我和我的家庭做出的举动是奇怪的，非常奇怪……总而言之，非常奇怪……”

“唉！根本不该这么说。”德·格里叶恼恨而又蔑视地打断了他，（毫无疑问，是他控制一切！）“亲爱的朋友，我们这位将军弄错了……（以下我用俄语来记述他的话），他想对您说……想提醒您……或者不如说十分恳切地请求您，请您不要把他毁掉，嗯，是可以这么说，不要毁掉。这正是我要用的字眼……”

“我怎么能，我怎么能呢？”我打断了他的话。

“您当然能，您自告奋勇来担当这个老太婆、这个可怜而又可怕的老太婆的向导（或者这还有什么别的叫法？），”德·格里叶自己语无伦次了，“可是她会输掉的，会输得精光。您亲眼看见她是怎么赌的！一旦她开始输，她就再也不会下赌台，因为她又固执又恼恨，她会一直赌下去，处在这种情况下绝没有人能把输掉的再赢回来，那时候……那时候……”

“到那时候，”将军接过来说，“您就把我全家毁掉了！我和我的家庭，我们是她的遗产继承人，她没有更近的亲戚。我对您开诚布公吧，我的事情很糟，非常地糟。您自己也知道一些……如果她输掉一笔相当可观的数目，甚至输掉全部家产（我的天哪！），我们将怎么办？我的孩子怎么办？（将军回头看了德·格里叶一眼）我又怎么办？（他望了望布朗什小姐，她轻蔑地扭过脸不看他。）阿列克谢·伊万诺维奇，您救救我们，救救我们吧！……”

“将军，请您告诉我，我拿什么来救你们哪！我能做什么？……我在这里能起什么作用？”

“您拒绝她，拒绝她，离开她走吧！……”

“那她也能找别人哪！”我叫道。

“不是这样，不是这样，”德·格里叶又插了进来，“真见鬼！不是，不要离开她，但至少要让她感到惭愧，劝阻她，转移她的兴趣……咳，起码别让她输得太多，想点别的办法让她消遣消遣。”

“这件事我怎么能办到呢？德·格里叶先生，要是您亲自承担此事该有多好。”我故意天真地补上后面这句话。

这时我发现布朗什小姐对德·格里叶投来迅速、火辣而又满含疑虑的一眼。德·格里叶本人脸上掠过某种特殊的、他所不能抑制的赤裸裸的表情。

“问题就在这里，她现在不肯要我！”德·格里叶把手一挥，喊了出来，“哼，要是！……再说……”

德·格里叶意味深长地迅速瞥了布朗什小姐一眼。

“我亲爱的阿列克谢先生，您做做好事吧。”布朗什小姐亲自出马了，她带着媚人的笑脸走到我面前，抓起我的双手，并紧紧地握着。真是见鬼，这张魔鬼的面孔能在一刹那之间变换。顷刻之间，她的脸充满祈求，它楚楚动人，像孩子一样微笑，甚至还有几分淘气的表情。她话音刚落，又狡黠地对我送来一个媚眼，没让任何旁人发现。莫非她想一举把我制服吗？她这一手做得的确很高明，不过未免太粗俗了，简直可怕。

将军随着她跳了过来，的确是跳过来的。

“阿列克谢·伊万诺维奇，我刚一开始时那样说话，您别见怪，我本意也根本不是那样……我请求您、恳求您，给您行俄国式的深鞠躬礼。只有您，只有您一个人能救我们。我和德·康敏小姐一起恳求您。您是明白人，完全理解，不是吗？”他对我苦苦哀求，并望着布朗什小姐对我以眼色示意，样子实在可怜。

正在这时，轻轻响起了三下有礼貌的敲门声。开门一看，原来是这层楼的仆人，他背后几步远的地方站着波塔佩奇。他们是祖母派来的，要他们找到我并立刻带去。“老人家生气呢！”波塔佩奇说。

“现在才三点半哪！”

“老太太睡不着，老是翻来覆去，后来忽然起来了，吩咐预备轮椅，来唤您。现在在大门口台阶上等着……”

“真是个凶恶的女人！”德·格里叶叫道。

果然，我看见祖母时她已在台阶上，并为我迟迟未到而不耐烦了。她等不到四点钟。

“喂，抬起来吧！”她叫道。于是，我们又往轮盘赌场去了。

第十二章

祖母正处于迫不及待和烦躁不安的精神状态中。显然，她现在一门心思就是轮盘赌，对其他一切事物都不在意，一路上对什么都不打听、不询问，精神恍惚，和不久前的情况相比，简直判若两人。有一辆十分华丽的马车像旋风一般从我们身旁疾驰而过，她看见后倒也举起手来，问了一声："这是什么？谁家的？"但对我的回答就像没听见一样。她沉思不语，但不断做出激烈而不耐烦的动作。走近游艺场时，我从远处把武梅赫姆男爵夫妇指给她看，她心不在焉地看了一眼，完全无动于衷地"啊"了一声，然后立刻回过头来对走在后面的波塔佩奇和玛尔法毫不客气地说：

"你们老跟着我做什么？也不能每次都把你们带着哇！回去吧！我有你一个人就够了。"等他们连忙行礼回转之后，她又对我补了一句。

游艺场里人们已在等候祖母光临。祖母一到，人们立刻为她让出了原来在庄家旁边的那个位置。我觉得这些做庄家的人虽然总是神气十足，表示自己只不过是普通的办事人员，对赌场东家的赢输与否抱绝对无所谓的态度，实际上对赌东的赢输绝非无动于衷。毫无疑问，他们得到过某种指示，要招引赌客和尽量维持赌场主的利益，并肯定因此而得到报酬与奖赏。至少，他们现在把祖母看作一件好祭品。后来发生的事果不出我们所料。

事情的经过是这样的。

祖母一心认定了零，立刻吩咐我每次押十二腓特烈金币。押了一次，二次，三次，零都没出来。“押上，押上吧！”祖母急躁地推着我。我遵命了。

“我们输了几次？”她问我，终于由于失去耐心而咬牙切齿了。

“已经押了十二次，祖母，输了一百四十四腓特烈金币。我对您说吧，祖母，可能到晚上都……”

“你住嘴！”祖母打断了我，“你在零上下注，同时再在‘红色’上押一千盾。拿着，这是期票。”

“红色”出来了，零仍然吹了。赢回来一千盾。

“你看，你看！”祖母悄声说，“差不多把输的全赢回来了。你再押在零上，押它十次，然后不干了。”

但到第五次祖母已不耐烦了。

“这个可恶的小圆圈，叫它见鬼去吧。来，把这四千盾全都押到‘红色’上。”她命令我说。

“祖母！这太多了，如果‘红色’不出来呢？”我恳求着说，但祖母几乎是揍了我一下。（她重重地推了我一把，所以几乎可以说是打了我一下。）没有办法，我只好把不久前刚赢得的四千盾都押在“红色”上。轮子转动了。祖母昂然不动声色地坐着，坚信一定会赢。

“零！”庄家高声宣布。

祖母起初都没领会过来，等她看见庄家把她那四千盾连同赌台上所有的钱统统扫走时才知道，那个久久没有出来、使我们几乎输掉二百腓特烈金币的零，好像故意作对似的，恰恰在祖母刚刚骂过它和不再押它的时候突然冒了出来。她大喊了一声并猛地拍一响巴掌，连整个大厅都听得见。周围的人都笑了。

“老天爷！这个可恶的东西这会儿又钻出来了！”祖母大声号叫着，“这个……这个该死的东西！这都怪你，这都怪你！”她把满腔怒火全发到我头上来，抓着我推来推去，“这都是你劝阻我。”

“祖母，我给您说的是道理。怎能保证您每次都福星高照呢？”

“我叫你去见福星吧！”她在我耳边气势汹汹地说，“你从我这儿滚开！”

“再见，祖母。”我转身就走。

“阿列克谢·伊万诺维奇，阿列克谢·伊万诺维奇，留下吧！你到哪里去？喂，你干什么？干什么？瞧你气成这样！傻瓜！你再待一会儿，再待一会儿吧！算了，别生气，我自己是傻瓜！得了，你说，现在该怎么办？”

“祖母，我不打算给您出主意，到头来您又会怪我。您自己赌，您下命令，我来下注。”

“哼，瞧你！行，你在‘红色’上再押四千盾！这是钱包，你拿着。”她从衣袋中取出钱包交给我，“快拿去，这里面有两万卢布现款。”

“祖母，”我喃喃地说，“这样大的赌注……”

“我豁出老命了，一定要赢回来。下注吧！”我下了注，又输了。

“押上，押上，把八千盾都押上！”

“不行，祖母，最多不能超过四千！……”

“那就押四千吧！”

这回赢了。祖母大受鼓舞。

“你看，你看！”她又推起我来，“再押四千！”

押了，输了。以后又输了两次。

“祖母，一万二全输了。”我禀报说。

“我知道都输了，”她冷静地说，如果可以这样形容的话，这是某种疯狂中的冷静，“知道了，老弟，我知道，”她喃喃地说，两眼发直地望着前面，似乎在反复思考，“唉！我不活了，再押上四千盾吧！”

“可是你没有钱了，祖母。钱包里是五厘利的卢布期票和汇款单，没有现金。”

“小钱包里呢？”

“只有零钱，祖母。”

“这里有兑换钱的铺子吗？人家说过，我们的卢布可以兑换。”祖母坚决地问道。

“哦，要换多少都行！但换起来您要受很大损失，连……犹太人都会吃惊的！”

“胡说！我会赢回来！推车走吧，把那几个挑夫叫过来！”

我推开轮椅，挑夫来了，我们把轮椅从游艺场推出来。

“快，快，快点！”祖母命令道，“阿列克谢·伊万诺维奇，你给他们引路，要走近路……很远吗？”

“只两步路，祖母。”

在转到林荫道的路口上时碰上了我们那一群人——将军，德·格里叶，布朗什小姐和她那亲爱的妈妈。波琳娜·亚历山德罗芙娜不在其中，阿斯特列先生也不在。

“喂，喂，喂！别停下来！”祖母叫道，“你们这是干什么？我现在没工夫和你们说话！”

我走在后面，德·格里叶三步并两步地跑到我跟前。

“刚才赢的钱全输掉了，此外还输了一万二千盾自己带来的钱。现在我们要去把五厘利率的卢布期票换掉。”我匆匆忙忙地轻声对他说。

德·格里叶直跺脚，跑去告诉将军。我们继续推着祖母往前走。

“停下来，停下来！”将军歇斯底里地在我耳边说。

“您自己试试让她停下来。”我低声说。

“伯母！”将军走近前来，“伯母……我们现在……我们现在……”他声音颤抖而且十分微弱，“我们雇好了马车到郊外去……那里风景美极了……瞭望台……我们是来请您的。”

“你和你那个瞭望台都见鬼去吧！”祖母气冲冲地挥手叫他走开。

“那里有个村子……我们可以去那里喝茶……”将军继续说，但已完全绝望了。

“我们还要坐在鲜嫩的青草地上喝牛奶呢。”德·格里叶穷凶极恶地补充了一句。

牛奶，鲜嫩的草地——这就是一个巴黎资产者的全部田园理想。大家都知道，他对“**自然与真理！**”的看法也就是如此而已。

“去你的牛奶吧！要喝你自己喝去，我可是一喝就肚子痛。再说，你们纠缠着我干什么？！”祖母喊了起来，“我说了，没时间！”

“祖母，到了！”我叫道，“就在这里！”

我们把轮椅推到一家钱庄前。我进去换钱，祖母在大门口等候，德·格里叶、将军和**布朗什**站在一旁不知所措。祖母对他们怒目而视，他们只好朝游艺场走去。

钱庄主人提出的兑换条件非常苛刻，我不敢做主，出来请示祖母。

“哼，一帮强盗！”她两手一拍，叫了起来，“算了吧！没什么了不起的！换吧！”她下定决心地大声说，“等等，你把钱庄主人给我叫出来！”

“祖母，还是叫个办事员出来吧？”

“办事员就办事员，反正都一样。哼，一帮强盗！”

办事员听说是位年老、体弱、不能走路的伯爵夫人请他，才同意出来。祖母混杂着俄语、法语、德语大声而愤怒地责骂他是欺骗讹诈，和他讨价还价，谈了半天，我帮着翻译。办事员一本正经，望着我们两个人，一言不发地直摇头。他紧盯着祖母，饶有兴味地打量着她，那好奇的样子都过分得失礼了。最后他竟笑了起来。

“得了，你滚吧！”祖母叫道，“让我的钱把他们噎死吧！阿列克谢·伊万诺维奇，就在他这儿兑换。来不及了，要不，还可去另一家……”

“办事员说，到别处给得更少。”

当时的兑换比率我记不清了，反正苛刻得惊人。我用金币和期票换了一万二千弗罗林，拿了收据，出来交给了祖母。

“行了！行了！行了！甭数了，”祖母挥动着双手，“快，快，快走！”

“一辈子也不押那个可恶的零，也不押‘红色’。”快到游艺场时祖母喃喃地说。

这次我竭尽全力地劝她赌注下得小些，要她明白等运气转好时再下大注不迟。但她太沉不住气，虽然最初答应了，但一赌起来就根本拦不住她。只要她押十腓特烈或二十腓特烈时赢了，她立刻推搡着我说：“你看！你看！我们赢了，如果不是押十，而是押四千，我们就赢四千了，可现在呢？这全怪你，全怪你！”

虽然看着她这种赌法我心中十分懊恼，但最后我还是下定决心一言不发，再也不出任何主意了。

忽然，德·格里叶冒了出来。这三个人都在附近不远。我发现布朗什小姐和妈妈站在一旁，正向那个小公爵大献殷勤。将军显然失宠，几乎不被理睬。他虽然千方百计在布朗什身边转来转去，但她连看都不看他一眼。可怜的将军！他脸色时白时红，战战兢兢，都没心思看祖母赌钱了。布朗什和小公爵终于出去了，将军立即追踪而去。

“夫人，夫人，”德·格里叶用蜜糖般的声音悄悄对祖母说，他好不容易挤到她旁边，“夫人，押在这里不行……不行，不行，不可以……”他用糟糕的俄语说，“不行！”

“怎么办？嗯，你来指点吧！”祖母对他说。

德·格里叶忽然急急忙忙地说起法语来，他忙手忙脚，开始出主意，说应该等机会，并把一些数字算来算去……祖母什么也不明白。他于是不停地对我说，要我翻译。他用手指在赌台上画来画去，末了又抓起一支铅笔在纸上算起来。祖母终于失去了耐性。

“呸，你走开，去你的吧！满口胡说！‘夫人，夫人’叫得没完，可自己什么不懂。你去吧！”

“可是，夫人……”德·格里叶喋喋不休地说，又指手画脚地做样子。他实在是热心极了。

“好吧，就依他说的赌一次，”祖母命令我说，“咱们瞧瞧，也许真能赢。”

德·格里叶只不过是想让她不下大赌注，他建议在各个数字上分别下注和按组下注。按照他的吩咐，我在“十二”以前的一些单数上各下一腓特烈金币，在“十二”至“十八”、“十八”至“二十四”的两组数字上各押五腓特烈金币，如此共下了十六腓特烈金币。

轮子转动了。“零！”庄家喊道，我们全输了。

“你这个吹牛的家伙！”祖母对德·格里叶喊道，“你这个卑鄙的法国佬！你这个恶棍，还给别人当参谋！去你的吧，你走开！什么都不懂，还死乞白赖地缠人！”

德·格里叶委屈极了，他耸耸肩，轻蔑地看了祖母一眼，然后走了。他已为自己牵连进来感到羞耻，刚才实在太沉不住气了。

一小时以后，无论我们怎样努力挣扎，还是全部输光了。

“回去！”祖母高叫道。

走上林荫道之前她始终未发一言。在林荫道上，快到旅馆时，她终于忍不住了，喊了起来：

“真是个傻瓜！蠢婆娘！我真是个蠢婆子，老蠢婆子！”

祖母一走进房间就叫道：

“给我来茶！马上收拾行李！我们走！”

“老太太，您要去哪儿？”玛尔法问道。

“你管这干什么？你管你自己的事吧！波塔佩奇，把东西都收拾好，所有的行李。我们要往回走了，回莫斯科！我输掉了一万五千卢布！”

“一万五千卢布，老太太！我的上帝呀！”波塔佩奇叫了起来。他拍着双手，样子够动人的，大概是想要讨讨好。

“得了，得了，傻瓜！还哭起鼻子来了！闭嘴吧！快去收拾！还要结账，快点，快！”

“最早的一班车是九点半开，祖母。”我禀报说，想平平她的怒火。

“现在是几点？”

“七点半。”

“真烦人！咳，反正都一样！阿列克谢·伊万诺维奇，我连一戈比现钱都没有了。再给你两张期票，去跑一趟给我兑换掉，要不连路费都没有了。”

我去了。半个小时后我回到旅馆，看见我们那些人都聚集在祖母那里。祖母要回莫斯科的消息似乎比她输钱的事更令他们震惊。即或她的离去能使她的财产得免于难，但将军前途如何呢？谁来偿付欠德·格里叶的债款？至于布朗什小姐，她自然不会等到祖母死去，大概要和那个小公爵或别的什么人溜之大吉。这些人都站在祖母面前，安慰她、劝说她。波琳娜依然不在。祖母对他们怒吼着。

“别缠着我，鬼东西们！这和你们有什么关系？你这头山羊缠着我干什么？”她对德·格里叶说道，“你这矮婆子要什么？”她又对布朗什小姐说，“你献什么殷勤？”

“见鬼！”布朗什小姐轻声说，两眼疯狂地闪动着。可她忽然又哈哈大笑起来，走了出去。

“她会活一百岁的！”出门时她对将军道。

“啊，你指望着我死，是吧？”祖母对将军狂吼起来，“滚开！阿列克谢·伊万诺维奇，你把他们都赶出去！这和你们有什么关系？我输的是自己的钱，不是你们的钱！”

将军耸耸肩，弯了一下身子，出去了。德·格里叶也随着将军走了出去。

“把普拉斯科维娅叫来。”祖母吩咐玛尔法说。

五分钟后，玛尔法与波琳娜一同回来。这一段时间波琳娜一直和孩子们坐在自己房间里，似乎是有意决定整天不露面。她脸上的表情是严肃、忧伤和思虑重重的。

“普拉斯科维娅，”祖母先说话了，“刚才我从旁听说你的这个傻瓜继父要和那个愚蠢、轻浮的法国女人结婚，这是真的吗？她是不是个戏子？也许比戏子还糟。你说，这是真的吗？”

“祖母，这件事的确切情形我不知道，”波琳娜回答说，“不过布朗什小姐认为无须隐瞒，而根据她自己说的话来看，我想……”

“够了！”祖母断然打断了她的话，“都明白了！我一向认为他做得出这种事，也一向认为他是个最最空虚和轻浮的人，摆着将军（其实一直是上校，退伍后才得了这个头衔）的架势，神气十足。你们一封接一封地往莫斯科发电报：‘老太婆是不是快归西天了？’这我都知道。你们都等着遗产。他要是没有钱，这个贱婊子——她叫什么？德·康敏？——连做仆役都不会要她这个满口假牙的货色。听说她自己钱不少，靠吃利息发了财。普拉斯科维娅，我不怪罪你，电报不是你发的，旧事我也不想重提。我知道你有一副坏脾气，像黄蜂一样，能把人蜇得鼻青脸肿！但我心疼你，因为我喜欢你母亲，故去的卡捷琳娜。你愿意把这里的一切丢下，跟我走吗？要知道，你现在无处可去，再说，现在还和他们搞在一起也不成体统。你等等！”波琳娜本想说话，祖母打断了她，“我还没说完，我对你一无所求。我在莫斯科有一幢房子，你自己知道，像座宫殿一样，你要占整整一层都可以。你既然不喜欢我的脾气，几个礼拜不来见我也行。怎么样？愿意吗？”

“首先我冒昧地问您一个问题，您真的立刻就要走吗？”

“难道我是开玩笑不成？我说走就走。今天我在你们这该死的轮盘上输了一万五千卢布。五年以前，我答应过把莫斯科郊区一座木教堂改建成石教堂，结果跑到这儿来输个精光。现在，我要修教堂去了。”

“矿泉水呢，祖母？您不是来喝矿泉水的吗？”

“去你的矿泉水吧！别惹我生气，普拉斯科维娅。你是故意这样的吗？你说，到底去不去？”

“我非常非常感谢您，祖母，”波琳娜深情地说，“感谢您给我提供一个栖身之地。我的境遇您也猜对了一部分。我十分感激您，请您相信，我一定会到您那里去，甚至可能很快就去。

但目前有些原因……而且是很重要的原因……使我不能马上，于此时此刻做出决定。如果您还能留下，哪怕只两个星期……”

“这意思是说，你不愿意啦？”

“这意思是说，我不能。除此之外，我无论如何不能把弟弟和妹妹丢下不管，而且既然……既然……既然他们确有可能被抛弃，那么……如果您肯连同小弟妹一起接纳，我一定会来，而且请您相信，我一定不会辜负您的！”她又十分激动地补充说，“祖母，没有这两个孩子我是不行的。”

“行了，别哭鼻子！（波琳娜没打算哭鼻子，而且她也从来没哭过。）给小鸡儿也能找到地方，鸡窝大得很呢；而且他们也该上学了。这么说，你现在不走了？嗯，普拉斯科维娅，你要小心！我是希望你好，我知道你为什么不走。我都知道，普拉斯科维娅！那个法国佬是不会让你幸福的。”

波琳娜的脸立时绯红了，我不由得颤抖了。（人人都知道！原来就我蒙在鼓里！）

“好了，好了，别愁眉苦脸了。我也不多说废话了。只不过你要当心，别吃亏上当，懂吗？你是个聪明的姑娘，会让我心痛的。行了，够了，我要不看你们这些人就好了，眼不见为净！去吧！再见！”

“祖母，我再送送您。”波琳娜说。

“不用了，别打扰。你们都让我心烦了。”

波琳娜吻祖母的手，但祖母把手抽了回来，吻了吻她的面颊。

波琳娜经过我身旁时，急速地瞥了我一眼，立刻又把眼光移开。

“来，阿列克谢·伊万诺维奇，和你也告个别！离上车时间只有一小时了。我想，你陪我也陪累了。拿着，这五十个金币给你。”

“十分感激您，祖母，但我受之有愧……”

“别说了！”祖母大声说，口气是如此威严有力。我再也不敢推辞，收下了。

“在莫斯科如果找不到差事，来找我。我给你推荐个去处。好，你走吧！”

我回到房间，在床上躺下。我想，我大概双手枕在脑后仰卧了半小时，灾难已经发生，得好好想想。我决定明天和波琳娜认真地谈谈。唉！哪个法国佬？这么说确有其事！然而这怎么可能？波琳娜和德·格里叶！主啊，这是多不相配的组合！

这一切简直不可思议。我忽然不由自主地一跃而起，想立刻去找阿斯特列先生，非让他说说不可。他自然对此也比我更加知情。但阿斯特列先生本人呢？这对我也还是谜。

这时，忽然响起了敲门声，我开门一看，原来是波塔佩奇。

“阿列克谢·伊万诺维奇，老太太叫您去呢。”

“怎么回事？就要走了吗？离开车时间还有二十分钟。”

“我的好先生，老太太直心烦，坐也坐不住。直说‘快点，快点’，是要您去呢；看在基督的面上，您快去吧。”

我立刻跑下楼。人们已把祖母推到走廊上，她手里拿着钱包。

“阿列克谢·伊万诺维奇！你走在前面，我们走吧！……”

“去哪里，祖母？”

“我不赢回来死不瞑目！开步走吧，别多想了！那里不是一直赌到半夜吗？”

我木然了，但一转念，立刻就打定了主意。

“安东妮达·瓦西里耶芙娜，随您的便吧，我是不去了。”

“这是为什么？这算什么？你们一个个都发疯了！”

“随您怎么说都行，我以后会责备自己的，我不想去！既不想看您赌，也不想帮您赌。您饶了我吧，安东妮达·瓦西里耶芙娜。这是您的五十金币，还给您，再见！”我当即把一沓金币放在祖母轮椅旁的一张小桌上，鞠躬告退了。

“胡说八道！”祖母在我背后喊道，“你不去就不去吧，我自己也认得路！波塔佩奇，你跟我去！喂，抬起来，走吧。”

我未找到阿斯特列先生，回来了。我从波塔佩奇处得悉祖母这一天的结果。她把我刚为她换来的钱全输光了，也就是说折算成卢布，又输了一万之数。刚得到她两个金币赏钱的那个波兰人跟着她，一直指导她赌。在波兰人之前，她要波塔佩奇下注，没有多久就把他赶走。波兰人则正好在这当儿冒出来。好像是上帝故意安排的，他懂俄语，而且还能用三种语言混杂地支吾几句，因此能和祖母勉强互相明白对方的意思。他一直“像个乖孩子一样服帖得很”，但祖母总狠狠地骂他。“他跟您简直没法比，”波塔佩奇说，“她对您像对待一位老爷一样，可这个人，对上帝发誓，我亲眼看见，他就在她眼皮底下偷她的钱。她自己都亲自抓住过他两次，并把他骂得狗血喷头，什么话都骂出来了，有一次还揪了他的头发，千真万确，我决不撒谎。周围的人都笑了，老爷子，她可全输光了，连同您给她换来的钱，统统都输了个干干净净。我们把老太太推回来后，她只要了一点水喝，画了个十字，就上床了。大概是太累的缘故，马上就睡着了。但愿上帝送给她好梦！唉，这趟出国我算是够了，”波塔佩奇最后说，“我说过不会有什么好事。还是快些回我们的莫斯科吧！在我们那儿，在莫斯科，什么东西没有？花园，花朵，那些花朵这里见都没见过，可香呢，苹果正在灌浆，处处都很开阔，可他们偏不，要到国外来！唉——唉——唉！……”

第十三章

几乎整整一个月没有提笔了，我开始写这些笔记是由于心中的感受虽然杂乱无章，但实在是太强烈了。当初我已经感到一场灾难的临近，但实际上它比我设想的更加严重和出人意料上百倍。一切事都发生得非常奇怪、荒唐，甚至悲惨，至少对我来说是如此。在我身上发生的某些事几乎是奇迹，至少迄今为止我还这么看，虽然从另一个角度看，特别是从我当初置身其中的事件旋涡来看，这些事充其量也只算不太一般而已。对我来说最堪称奇的是我自己对这些事件的态度。到现在我都不明白自己！一切都如同一场春梦一般消逝，甚至连我狂热的爱情也是如此，而我的爱情曾经是那样强烈、那样真诚，但……如今它在哪里？诚然，现在我的脑海中不时闪现出这样的念头：当初我莫非是疯狂了？或者一直是身在某所疯人院中？也许现在也仍在疯人院中？因此，无论是过去，还是直到现在，一切都只是一种恍惚的感觉而已……

我收齐和重读我写的这些纸页。（可能正是为了确认，它究竟是否在疯人院中所写。谁知道呢？）如今我孑然一身。秋天已到，树叶正黄，我坐在这凄凉的小城（唉，德国的小城全都如此凄凉）里，不去考虑今后的步骤，却仍在玩味刚刚过去的感受和新鲜的回忆，依然处在不久前发生的那场旋风般威力的影响之下，它曾把我卷入事件的旋涡，如今又把我推向他方。我有时觉得，这场风暴即将重新袭来，把我卷入，我又将扑朔迷离，不能自主，在其中沉浮、旋转，不辨方向……

但是，如若我能尽量把一个月来发生的一切理出头绪，也许就能多少站稳，不再迷失方向。我不禁又想拿起笔来，何况每到晚上有时完全无事可做。说来也怪，为了打发时间，我从此地蹩脚的图书馆借来保尔·德·科克[①]的小说（德译本）看，其实这些书我几乎读不下去，但我还是读。我自己也对自己感到奇怪，我好像是怕刚刚成为往事的过去，会因为读一本严肃的书或做什么正经事而对我失去原有的魅力，似乎那场噩梦以及与之有关的一切印象对我极为珍贵，因此我都不敢再增添任何新的感受，以免过去的一切烟消云散！这一切对我真的如此珍贵吗？是的，当然珍贵，甚至四十年后，我都会回想起来……

于是，我又提笔了。不过，现在可以把所有的事都说得简略些，印象本身也淡薄得多了……

首先要把祖母的事交代完。第二天，她输得干干净净。这

① 保尔·德·科克（1794—1871），法国作家，他所写的家庭伦理小说十九世纪中叶在欧洲颇为流行。

是注定要发生的事。像这样的人，一旦走上这条道路，就像坐着雪橇从雪山上往下滑一样，愈滑愈快。她赌了一整天，直到晚上八点。我未在场目睹，只从旁人口里听说。

波塔佩奇整天都在游艺场中伺候她。这一天有几个波兰人轮流来给祖母当指导。起先，她把昨天被她揪过头发的那个波兰人赶走，但换来的这个几乎更坏。她把这个人赶走，又用上原来那个人。此人被赶走后一直没离开，总在祖母座椅旁转来转去，不时把脑袋伸过来，最后她终于拿他没办法。那第二个被赶走的波兰人也是任凭怎么都不肯离开。此二人分别站在祖母左右两旁，为押注的多少和花色数字不停地争吵、叫骂，互相叫着难听的名字和种种其他波兰“恭维话”。他们争吵之后又讲和，毫无计算地大把扔钱，胡乱指挥。他们总是在争吵一番之后分别下注，左面的押“红色”，右面的则押“黑色”。结果他们把祖母弄得头昏脑涨，糊里糊涂。最后她几乎含着眼泪求助于坐庄的老头儿，请他来把他们两人轰走。这两个人的确立刻被轰走了，虽然他们又叫又抗议。他们都一口咬定并拿出种种证据，说是祖母反倒欠了他们的钱，骗了他们，对他们耍了不正当的卑鄙手段。这些事都是可怜的波塔佩奇在输钱的当天晚上一面淌眼泪一面告诉我的。他气愤地说，他们口袋里的钱都塞得满满的了，他亲眼看见他们不顾羞耻地偷钱，不停地把钱往口袋里塞。譬如，他们一个人向祖母要五个金币的酬金，并立即把这五个金币押在祖母的注金旁边。如果祖母赢了，他们就大喊大叫，说是他们下的赌注赢了，而祖母的输了。这两个人被赶走后，波塔佩奇立即出来禀报说，他们口袋里都装满了金币。祖母马上请庄家出面处理此事，请来了警察，不管这两个波兰人如何狂呼乱叫（像两只被抓住的公鸡），还是被当场掏空口袋，把钱还给祖母。祖母在未完全输光之前的这一整天内，在庄家和游艺场所有的管事面前还享有明显的权威。她慢慢成了闻名全市的人物——温泉上来自各国的游客，不分高低贵贱，都要来看看这位已经输掉“好几百万”的“**像小孩子一样的俄国老伯爵夫人**”。

但祖母的运气并没有因摆脱了那两个波兰佬而有所好转，立刻又出现第三个波兰人代替前两人来为她效劳。他操一口地道的俄语，虽然衣着如同绅士，举止却酷似仆人，满面胡须，态度倨傲。他对祖母也是曲意逢迎、卑躬屈膝，对周围的人却相当傲慢，发号施令，专横至极，似乎他不是祖母的仆人，反是主子。每次下注之前他都要对祖母赌咒发誓地说，他自己是个“很有身份的波兰贵族”，决不会拿祖母一分钱。他喋喋不休地反复发誓，弄得祖母倒真是害怕起来。起初，他的确好像对祖母的赌法有所纠正，开始赢了一些钱。祖母自己也觉得缺他不可。两小时之后，原来那两个被赶出游艺场的波兰佬又在祖母轮椅前出现，又主动要求为她效劳，甚至当跑腿儿。波塔佩奇发誓说，那个“很有身份的波兰贵族”对他们不停地使眼色，甚至还往他们手里塞东西。由于祖母未用午餐，也几乎没离开过座椅，有个波兰佬确实派了用场——他跑到游艺场的餐厅，给祖母端来了一碗鸡汤，后来又送来了茶。他们总是两人一起去。快天黑时，人人都看到祖母就要把自己最后一张银行期票输掉，她轮椅旁已站有六个从未见过和听说过的波兰人。等祖母把最后几个小钱币都输掉时，这些人一个个不仅不再听从她的话，简直都不把她放在眼里。他们越过她直接站到赌台前来，自己抓钱，自己发号施令下注，和那个自命贵族的人称兄道弟地争吵叫骂，这位有身份的贵族也几乎完全忘记了祖母的存在。甚至当祖母完全输光，晚上八时返回旅馆的途中，都还有三四个波兰佬不肯放开她，仍然在她轮椅两旁跟着跑，声嘶力竭、争先恐后地叫喊着说，祖母如何如何骗了他们，还欠他们多少多少钱。他们就这样一直跟到旅馆门口，才被狠狠地推了出来。

按照波塔佩奇的计算，祖母这一天输了有九万卢布之数，头一天输的还不算。她随身带的全部五厘利期票、内债券、股票，都被她一张接一张地换掉。我原来觉得奇怪，她怎么能耐住性子整整七八个钟头坐在轮椅上，寸步不离赌台。波塔佩奇对我解释说，有三次她的确赢了很大一笔，这重新燃起了她狂热的欲望，于是再也不能脱身。凡是赌徒都能体会，为什么一个人能几乎一天一夜坐在牌桌上一动不动，眼睛一直盯着上手和下手不放。

与此同时，这一天在我们旅馆里还发生了一些至关重大的事。上午十一点之前，趁祖母尚未出门，我们的将军和德·格里叶决定走出最后一步棋。他们得知祖母根本不想离开，而是恰恰相反，要再去游艺场之后，全体（波琳娜除外）出动，来和祖母做最后的，甚至是完全摊牌的谈判。将军一想到他面临的十分可怕的后果就胆战心惊，竟然做出了过分的举动。起先他苦苦哀求达半小时之久，甚至坦白承认了一切，即他已负债累累，连他对**布朗什小姐**的热恋他也承认了（他已完全不知所措），此后，他忽然改用威胁的口吻，甚至对祖母大喊大叫、捶胸顿足起来。他喊道，祖母辱没了他们的姓氏，成了全城的笑柄，最后……最后他竟然喊出这样的话来："夫人，您在使俄国的名字蒙受羞辱！为此，要请警察出面解决！"结果是祖母举起棍子（一根真正的棍棒）把他打跑了。将军和德·格里叶这天上午还聚商了一两次，他们确实有过这种念头：能否真的动用警察？就说这位不幸而可敬的老夫人精神失常，要把自己最后几块钱输掉，如此等等。总而言之，能否对祖母进行某种监督或约束？……但德·格里叶只耸耸肩膀，并当面嘲笑已经完全语无伦次、在房间里来回乱转的将军，最后竟扬长而去，不知去向了。傍晚时才得知，他在与**布朗什小姐**进行了一场十分干脆而又鬼鬼祟祟的谈判之后完全搬出了旅馆。至于**布朗什小姐**，她从一大早就已做出了最后的判断：她完全甩掉了将军，都不允许他再在她眼前露面。她到游艺场去，将军跟踪而至，看见她和那个小公爵携手而行。无论是她，还是那位**寡妇康敏太太**，都好像不认识他；公爵本人也不和他打招呼。**布朗什小姐**在这位公爵身上用了一整天的工夫，想让他做最后的表态。可是，呜呼！她在公爵身上打的算盘大错特错！这场小小的灾难发生时已是傍晚，原来忽然真相大白——这个所谓的公爵竟是一文莫名的穷光蛋，他还指望着向她借支一笔钱去赌轮盘呢。**布朗什小姐**气急败坏地把他轰了出去，自己闭门不出了。

这天一大早我去走访阿斯特列先生，说得更准确些，找了他一上午都没找到。旅馆、游艺场和公园都不见他的人影。这天他也没在旅馆用午饭。下午四时许，我忽然见他从车站月台径直朝安格列特尔旅馆走。他行动匆忙，面有忧色，虽然很难看出他是有心事还是有些不安。他高兴地向我伸过手来，和平常一样“喂！”了一声，但并未止步，继续快步匆匆而行。我尾随而去，但他的答话使我无法向他提任何问题。不知为什么，我总觉得向他问及波琳娜难以启齿，他本人对她也闭口不谈。我把祖母的事告诉他，他很认真地听着，然后耸耸肩膀。

“她输掉了一切。”我说。

“是这样，”他回答说，“我知道，她是不久前我动身的时候去赌的，那时我估计她一定会输。如果有时间，我一定去游艺场看看，这的确挺有意思……”

“您动身去哪儿了？”我惊叫了一声，为自己竟一直没问及此事而感到奇怪。

“我去了法兰克福。”

“因为公事吗？”

“对，因为公事。”

我还能再问什么呢？我继续与他并肩而行，但他忽然转身走向路旁的“四季”旅馆，对我点了点头，就进去了。在回去的路上我逐渐明白过来，即使我和他长谈两小时，也肯定什么都打听不出来，因为……因为我对他无从问起！当然是这样！我的问题到底是什么，到现在我自己也表述不出来。

整整这一天，波琳娜或是与孩子们和保姆在公园散步，或是独坐在家中。对将军她早就避而不见，几乎不和他谈话，至少是不谈任何正经事。这一点我早就注意到了。但在知道将军今天的处境之后，我想他不可能绕开她，也就是说，这两个人之间不可能不进行一场家庭内部的重要谈话。但当我与阿斯特列先生谈话后回到旅馆看见她和孩子们时，她脸上竟是一副绝对平静而无事的表情，好像家庭中的种种风暴唯独与她无关。她对我的鞠躬只报以微微的点头。我回到自己房间里，心中恼恨至极。

在与武梅赫姆男爵夫人的纠纷之后，我当然避免和她谈话，而且一次都没与她碰到一起。我所以如此，多少是有些故意作态和耍脾气，但愈往后我心中愈积郁起真正的愤慨之情。

即使她对我没一丝半点儿情意，也不该如此蹂躏我的感情和如此轻蔑地对待我的倾吐。她明明知道我对她的爱是一片真心，也明明是她自己允许我对她那样说话！不错，我们之间的关系一开始就有些奇怪。早在两个月之前我就开始注意到，她想使我成为她的朋友、知己，甚至还多少对我进行考验。但不知是什么原因，我们的关系并未顺利地朝这一方向发展，而形成了目前这种奇怪的局面。正因为如此，我才对她那样说话。然而，如果我的爱令她反感，她为什么不直截了当地禁止我做出爱的表白呢?

她不仅不禁止我，有时甚至还故意引起我做这种流露，并且……当然，她这样做是为了取笑我。我知道，我看得清清楚楚，她先是听我说，勾起我心中的痛楚，然后又突然来一个极端轻蔑和冷淡的举动，弄得我不知所措，而她自己则以此为乐。她其实知道，我没有她是不能生活的。和男爵的纠纷过去三天了，我已经不能忍受我们的离别之苦。刚才我在游艺场遇见她时，心中怦怦然，脸色都变了。可是她没有我也生活不下去!她需要我，难道、难道只需要我做个巴拉基廖夫[①]式的丑角吗?

她有一个秘密——这很清楚!她和祖母的谈话深深地刺痛了我的心。我做过多少次努力，希望她对我开诚相见，她也知道，我确实甘愿为她献出头颅。但她总是以淡淡的蔑视来应付我，或者就是要求我——并不是献出我甘愿牺牲的生命——做出与男爵寻衅的那种荒唐之举!是可忍，孰不可忍呢?难道整个世界在她眼里都只聚集于那个法国人一身吗?还有阿斯特列

① 指伊凡·亚历山德罗维奇·巴拉基廖夫（1699—1763），安娜女皇的宫廷弄臣。

先生呢？其中的奥妙更是神秘莫测了，我的上帝，我在受着什么样的折磨呀！

回来后，我在痛苦欲狂的心情中提笔给波琳娜写下了下面几句话：

波琳娜·亚历山德罗芙娜，我看得很清楚，事情的结局已到，它自然也涉及您。我最后一次问您：您需要我的生命吗？如果需要，哪怕只有任何一点小小的用处，任您支配吧，此刻我在自己的房间里等候着，至少多半时间会在这里，不到任何地方去。如果需要，请写几个字，或派人来叫我。

我封上信，派旅馆仆役送去，并令他务必交她亲收。我没指望会有回信，三分钟后，仆役回来禀报说：“小姐吩咐，向您致意。”

六时许，我被叫去见将军。

他正在书房里，衣着整齐，准备出门，帽子和手杖都搁在沙发上。我进去时，他好像正叉开双脚站在屋子中间，低着头自言自语地发出声音。他一看见我，几乎是喊了一声，并立刻向我扑过来，我不由得后退几步，想要跑开。他抓住我的双手，拽我到沙发旁，他自己坐在沙发上，颤动着嘴唇，睫毛上忽然涌现出闪亮的泪珠，用哀求的声音对我说："阿列克谢·伊万诺维奇！救救我，救救我，饶恕我吧！"

我久久都不明白这是什么意思，他却一而再再而三地说："饶恕我，饶恕我吧！"我终于明白，他期望着我为他出点主意，或者更确切地说，在众叛亲离、忧伤不安之中，他想起并唤我来，只不过是为了有个人听他不停地说话而已。

他方寸已乱，至少是极度不知所措。他抄着手，几乎要在我面前跪下，要我（你们猜要我去做什么？）……要我立刻去**布朗什小姐**处，求她萌发恻隐之心，回到他身边来，和他结婚。

"这不可能啊，将军，"我叫道，"**布朗什小姐**到目前为止可能根本都没有注意到我这个人的存在，我能起什么作用？"

但我的反对是徒然的，他根本听不进别人的话。他又喋喋不休地说起祖母来，但言语紊乱，脑子里仍然转着派人去叫警察的念头。他忽然开始大发雷霆地说："在我们那里，在我们那里，总而言之，在一个秩序井然有度的国家里，是有官府的，对这种老太婆会立刻进行监护！就是这样，亲爱的先生，就是这样，"他忽然又用申斥的语气继续说下去，并从沙发上霍地跳起来，在房间里走来走去，“您对这一点还不了解，亲爱的先生，”他对着屋角上某位想象中的亲爱的先生说道，“那就请您现在了解这一点……对，就是这样……在我们国家里要把这种老太婆管得规规矩矩，服服帖帖，对，就是规规矩矩，服服帖帖……就是这样。哼，见鬼去吧！”

他又倒在沙发上，一分钟后，他几乎是抽泣，气喘不迭，急急忙忙地对我说，**布朗什小姐**之所以不嫁给他，就是因为盼来的不是电报，而是祖母，因而十分清楚他得不到遗产。他还以为我对此一无所知呢。我说起德·格里叶，他把手一挥，说：

“他走了！我的一切都抵押给他了，我现在是一贫如洗的穷光蛋！您带来的那笔钱……那笔钱，我也不知道还有多少，好像是剩下七百法郎，而且……就这些钱了，全部的就是这些，至于以后——不知道，我什么都不知道了！……”

“那您如何在旅馆结账呢？”我骇然了，叫出声来，“而且……以后怎么办呢？”

他若有所思地看了看我，但看来什么也没明白，可能连我的话都没听清。我试着和他谈起波琳娜·亚历山德罗芙娜和孩子们，他急忙回答：

“是啊，是啊！”但立刻又说起那个公爵，说现在**布朗什**

小姐跟他走，“那时候，那时候，那时候我怎么办呢，阿列克谢·伊万诺维奇？”他忽然问我，“老天在上，请您告诉我，我怎么办呢？这可是忘恩负义！这还不是忘恩负义吗？”

最后，他老泪纵横，泣不成声了。

拿这种人是毫无办法的，但把他一人留下也有危险，说不定会出事。我终于从他那里脱身，但我告诉保姆，要她不时去探望。此外我还对旅馆仆役说了几句，他是个很机灵的人，答应我会常去照应照应。

我刚离开将军，波塔佩奇前来唤我去见祖母。正是八点钟，她刚从游艺场彻底输光之后回来。我应召而至，老太太坐在轮椅上，疲惫不堪，面有病容。玛尔法送上一杯茶，几乎是强逼着她喝下去。祖母说话时，无论是声音还是语调，和原来相比已完全判若两人了。

“您好，阿列克谢·伊万诺维奇，我的好先生，”她缓缓地说，并庄重地垂下了头，“对不起，我又打扰您了，原谅我这个老人吧，我的上帝，我全都丢在那里了，几乎有十万卢布。昨天你不同我去是对的。现在我没有钱了，一分钱也没有了。我一分钟也不想拖延，九点半钟就走。我派人去找你那个英国人去了，他是叫阿斯特列吧？想向他借三千法郎，一星期以后还。你去叫他放心，别东想西想不肯借。我依然还相当有钱。我有三个村子和两幢房子，现钱也还有，没都带来。我说这些是为了让他别怀疑担心……哎，这不是他来了！一看就知道是好人。”

阿斯特列先生是应祖母之召立即赶来的。他毫不犹豫，也未加细问，立刻数给祖母三千法郎，祖母签署了期票。事毕之后他匆匆鞠躬告退了。

“阿列克谢·伊万诺维奇，现在你也走吧。还有一小时多一点儿，我想躺一躺，全身骨头痛。别怪罪我这老蠢婆子。现在我也不责备年轻人轻浮，还有你们那个可怜的将军，我要责备他也是罪过了。不过，我还是不能如他的愿望，钱不会给他，因为我看他完全糊涂了。当然，我这老蠢婆子也不比他聪明。真是上帝有眼，我太骄傲了，所以到老了也受到他的责备和惩罚。好了，再见。玛尔法，抬我走吧。”

然而，我还是想送祖母。此外，我心中隐隐约约还有所期待，总觉得转瞬之间就要发生什么事。我在自己房间里坐卧不安，总是出来到走廊上，有一次还上林荫道踱了几步。我给她的信明确而坚决，现在发生的不幸当然已成定局。在旅馆里，我听说德·格里叶已动身离去。说到底，如果她拒绝我作为她的一个朋友，也许不会拒绝我做一个仆人，起码她还需要我为她奔走办事。只有我能充当这个角色，此外还有谁呢！

开车前我赶到月台上，送祖母在车厢就座。他们都坐在特备的家庭包厢里。祖母与我告别时说："谢谢你，兄弟，你有一副热心肠，一点私心都没有。把昨天我对普拉斯科维娅说的话再一次转告她，我会等着她。"

我回来，经过将军房间时遇到了保姆，我向她询问将军的情况。她有气无力地回答："老爷，他没什么。"我仍想进去看看，但在房门口愕然止步了。布朗什小姐和将军都在前俯后仰地大笑，寡妇康敏坐在沙发上。将军看样子高兴得都发狂了，口中喃喃地胡言乱语，神经质地笑个不停，发笑时他满脸露出了无数大大小小的皱纹，连眼睛都看不出来了。后来布朗什自己告诉我，她在赶跑那个公爵并听说将军的痛哭之后，忽然心血来潮，要来给将军以短暂的慰藉。可怜的将军全然不知此时此刻他的命运已完，布朗什正在整理行装，准备明天乘第一班早车奔赴巴黎了。

我在将军房门口略站了片刻，打消了进去的念头，悄悄地退了出来，上楼打开自己的房门。在半明半暗之中我忽然发现屋角窗前的椅子上有个坐着的人影，她看见我进来也并不起身。我迅速走上前去一看，我的呼吸顿时停止了——这是波琳娜！

第十四章

我不由得叫出声来。

“您是怎么了？是怎么了？”她问得很奇怪。她面色苍白，眼神阴沉。

“什么怎么了？您？在这里，在我这里！”

“我既然来了，就完完全全来了。这是我的习惯，您这就会明白的。点燃蜡烛吧。”

我点燃蜡烛。她起来走到桌旁，把一封拆开的信放在我面前。

“您看看吧。”她吩咐说。

“这是，这是德·格里叶写的！”我喊了一声，一把抓过信来。我双手颤抖着，一行行字迹在我眼前跳动着。信中的措辞我已记不确切，但至少意思是准确的，虽然不是一字不差。信是这样的：

“**小姐，**”德·格里叶写道，“由于处境恶劣，我不得不立即离去。您自己当然也注意到，在全部情况未澄清之前，我有意回避与您做最后的谈话。你那位**老女本家**的到来和她的荒唐行为使我终于打消一切困惑犹豫。我自己的事业不佳，因此我今后不能像若干时候以来那样完全寄希望于甜蜜的梦想。我对过去的事感到遗憾，但我希望在我的行为中您不会发现任何有损贵族和正人君子身份之处。我由于借款给您的继父而几乎损失了全部钱财，这种极端困难的处境使我不得不对剩下的部分进行安排。我已通知我在彼得堡的朋友，请他们立即出售您的继父抵押给我的全部产业。我知道，被您轻浮的继父挥霍的钱财中也有您的一部分，因此我决定免去他五万法郎的债款，并将相当于此金额的产业归还给他，所以您可以通过法律途径要求得到这部分产业，从而收回您的全部损失。小姐，我希望我的这一举动对处于目前境遇中的您大有好处。我同时相信，我这样做也完全履行了一个诚实、高贵的人应尽的义务。请您相信，对您的记忆将永远铭刻在我的心中。”

“怎么样？这已再清楚不过了，”我对波琳娜说，“难道您还有过别的期望吗？”我愤慨地补上一句。

“我什么也没期望过，”她回答得看来很冷静，但声音却好像有些颤抖，“我早就做了决定。对他脑子里的想法我看得一清二楚，知道他转什么念头。他以为我是在寻求……我会坚持……（她欲言又止，咬着嘴唇，沉默不语了）我有意让自己能加倍地蔑视他，”她又说起来，“我想看看他到底会做出什么事来。如果来了关于继承遗产的电报，我就会把这个白痴（我的继父）欠他的钱一把扔到他脸上，然后赶他出去！我老早、老早就憎恶他了。啊，这个人原来可不是这样，一千个不是，但是现在，现在！……哦，要是现在我能把这五万法郎扔到他那张卑鄙的脸上，啐上一口，然后用手擦去这唾沫，那该有多痛快！”

“那张文契，那张他归还的价值五万法郎的抵押文契不是在将军手里吗？去把它拿来，还给德·格里叶就是了。”

“哦，不！不是这么回事！……”

“对，您说得对，不是这么回事。再说将军现在会做出什么事来也难以预料。可是祖母呢？”我忽然叫了起来。

波琳娜有些茫然而又不耐烦地看了我一眼。

“为什么要提祖母？”波琳娜遗憾地说，“我不能去找她……我也不想祈求任何人的宽恕。”她生气地又补充了一句。

“那怎么办？”我叫道，“您居然，咳，您居然会爱上德·格里叶！这是个十足的小人，一个小人！只要您愿意，我去和他决斗，打死他！他现在在哪里？”

“他在法兰克福，要在那里待三天。”

“只要您一句话，我明天就走，乘第一班火车走！乘第一班火车走！”我说话时所表现出的热心简直有几分傻呆。

她嫣然笑了。

“这又能怎样？他也许还会说，您先把五万法郎还来再说吧。何况他何必决斗呢？……这真是荒唐！”

“但是从什么地方能搞到这五万法郎呢？从什么地方？”我咬牙切齿地重复说，“阿斯特列先生怎样？”我问她，脑子里产生了一个奇怪的念头。

她眼睛闪亮了。

“原来如此，难道你自己愿意我舍你而去求助于这个英国人吗？”她苦笑着说，而那逼视着的眼光穿透了我的心。这是她一生中第一次称我为你。

在这一瞬间她好像由于激动而头晕目眩，她忽然坐到沙发上，似乎身心交瘁了。

我如同遭到闪电袭击一般，呆呆地站着，不敢相信自己的眼睛和耳朵！这么说来，她是爱我的！她是到我这里来，而不是去找阿斯特列先生！她，一个少女，独身一人来到旅馆中我住的房间里，也就是说，在众目睽睽之下置自己的名誉于不顾，而我，我站在她面前，却全然不晓！

一个疯狂的念头在我脑中闪现了。

“波琳娜！只给我一小时的时间吧！你在这里只等一小时……我就回来！一定……一定得这样做！你就会明白的！你

在这里等着，在这里等着吧！”

我从房间里跑出来，没有理会她那惊诧而疑问的眼光。她在我身后喊了句什么话，但我没有回去。

是这样的，有时一个最疯狂、表面看来最异想天开的念头会深深地扎在你的脑中，使你最后竟把它当作某种已经实现的真事……不仅如此。如果这个念头还与一种强烈的、炽热的愿望结合在一起，你甚至会把它当作某种注定的、必需的、冥冥之中的安排，当成非如此不可的、不可能不发生的事。也许这之中还有某种其他因素，有各种错综复杂的预感的交织，某种非凡的意志力量，由于沉溺于自己的幻想而走火入魔，或者还有其他什么——我说不清楚。但这个晚上（我终生不忘的这个晚上）我身上发生的事是个奇迹。这件事虽然可以用加减乘除来算清楚，但对我来说至今仍然是个奇迹。为什么这个信念当初会如此牢牢地深扎入我的脑海，而且很久以前就开始，为什么？而且说老实话，我再一次向诸位重申，我原来想到这件事时，完全不是把它当作或可或不可的偶然机遇，而是认定它非发生不可！

时间是十点一刻。我走进游艺场，一生中从未如此信心十足和激动不已。各赌厅里的人还相当多，虽然比上午少了一半。

十时之后仍然留在赌台前的都是真正的、亡命徒般的赌客，对他们来说，这个温泉胜地除轮盘赌外别无他物，他们来此只有这一个目的，对周围发生的一切很少注意，在整个一季中对其他任何事物都不感兴趣。他们从清晨赌到深夜，如果许可的话，也准备从深夜赌到天亮。深夜十二时轮盘赌场停业时，他们总是悻悻然离开。为首的庄家在快十二点赌场即将停业时宣布："先生们，最后三次！"赌徒们往往在最后三击时倾囊下注，最大的输赢也确实在这时发生。我正好来到不久前祖母坐的那张赌台前。人不甚拥挤，我很快就在赌台前占着了一个席位。在一块正对着我的绿呢子上印着"大数"，表示从"十九"到"三十六"的一组数字；而从"一"到"十八"这一组数字则叫"小数"。但我已没有心思注意这许多。我没有计算，甚至都没听见刚才最后一击时的球落在什么数字上，连问都没问一声就开始赌起来。任何一个略有算计的赌徒都不会这样做的。我把我那二十腓特烈金币统统掏出来，都扔在我面前的"大数"上。

"二十二！"庄家喊道。

我赢了。我又全都押上，和原来一样——我又赢了。

"三十一！"庄家又喊道。又赢了！这样一来我已赢得八十腓特烈金币！我把这八十腓特烈金币全都押在十二个中间的数字上（赢时得三倍于赌注的钱，但机会是二比一）。轮子转动了，出来的是“二十四”。付给了我三沓钞票，每沓五十腓特烈金币，另加十个金币。连同原来的钱，我已有二百腓特烈金币了。

我好像高热中的病人，把这一大堆钱全都押在“红色”上，却忽然清醒过来！我吓得全身发冷，手脚颤抖，这是整个晚上，整个赌博时间内唯一的一次。我惊恐万分地感觉和立刻意识到，现在如果输了对我意味着什么——我是在把我的全部生命孤注一掷！

“**红色！**”庄家喊道。我呼吸停止了，全身似乎被烧烤一样火辣辣的。人们付给我银行期票。我现在共有四千弗罗林和八十腓特烈金币了！（那时我还能留意到账目）

记得后来我又在十二个中间的数字上押了两千弗罗林，输了。我又押上金币和八十腓特烈金币，也输了。一阵疯狂攫住了我，我把剩下的最后两千弗罗林全都押在十二个第一组的数字上，这纯粹是听天由命，毫无计算！在等待的那一瞬间，我的感受就像**布朗夏尔太太**①在巴黎乘气球降落到地面时的感受一样。

“**四！**”庄家喊道。连同原来的赌注，我总共又有了六千

---

① 指玛丽·布朗夏尔（1778—1819），第一批飞行员之一布朗夏尔的妻子，后在一次气球火灾事故中死去。

弗罗林。我已经俨然是一副胜利者的姿态，毫无所惧了，我把四千弗罗林掷在“黑色”上。有九个人都跟着我一拥而上押在“黑色”上。几位庄家互相使着眼色、交头接耳，周围人都在窃窃私语和等待着。

出来的是“黑色”。此时我已不记得账目和我下的赌注的顺序了。我只记得我已赢了一万六千弗罗林，如同在梦中一般。忽然，有三次击球叫我倒了霉，丢了一万二千。然后我把最后的四千弗罗林都押在“大数”上（此时，我几乎已毫无感觉，只是机械地等着，脑中空空如也），又赢了。此后一连赢了四次。我只记得自己成千上万地收钱。我还记得，出来得最多的是十二个中间的一组数字，我正紧紧盯住它们不放。它们的出现有某种规律，总是连续出来三四次，然后隔两次不出来，然后又连续出来三四次。这种奇怪的规律有时大片大片地反复出现，使那些手执铅笔、在纸片上算来算去的老赌徒们简直目瞪口呆。在这里，人们有时会受到命运多么可怕的嘲弄哇！

我想我来此还不到半小时。庄家忽然告诉我，我已赢了三万弗罗林。赌庄每次以此为限，所以这个轮盘要停业，到明天早晨才重开。我抓起我的全部金币，塞进衣袋；又抓起所有的期票，立刻转到另一个赌场的另一个赌台上去。整个人群蜂拥般地跟着我，那里顿时为我腾出了席位，我又开始下注，不加任何考虑和计算。真不明白，我靠了什么居然能幸免于难！

有时我脑中灵机一动，也开始计算起来。我对某些数字和机会特别留意，但为时不长。很快我又重新几乎毫无意识地下注。大概有时我过于心不在焉，记得庄家几次纠正我，我犯了一些非常粗心的错。汗水浸湿了我的两鬓，两手不停地颤抖。几个波兰佬又跑来献殷勤，我根本不理睬他们，但我始终福星高照。忽然间，周围一片喧哗和笑声。“真妙，真妙！”人人都高喊着，甚至有人拍手。我在这里也赢了三万弗罗林，赌庄又要停业到明早了！

“您离开吧，您离开吧！”一个声音在我右耳边悄悄地说。这是个法兰克福的犹太人，他一直站在我身旁，好像有时还帮我下注。

“看在上帝的分上，您离去吧。”另外一个声音在我左耳边响道。我扫了一眼。这是一位穿着十分素雅的女士，她不到三十岁，苍白的脸上虽显出病态和倦容，但仍能看出她昔日的无限风韵。这时我正把种种期票捏在一起，塞进衣袋，同时也收拢桌上留下的金币。我抓起最后一沓五十腓特烈的钞票，乘任何人都不注意之机，神不知鬼不觉地把它塞到这位面色苍白的女士手里。我当时做这件事实在是快意至极。我记得，她那纤瘦的手指紧紧地握了一下我的手，表示真诚的谢意。这一切都发生在顷刻之间。

我收拾好钱，迅速转到赌**三十或四十**的赌桌上去。

在**三十或四十**赌桌前坐着的都是有贵族气派的人物。这不是轮盘赌，而是纸牌。这里赌东每次开局以十万塔勒为限，最大赌注也是四千弗罗林。我对这种赌法一无所知，除了一眼就看见的红黑两色外，也不知道还能如何下注。我就一直押这两种颜色不放。全游艺场的人都拥集在四周。我不记得，在这期间我是否忽然想起过波琳娜。我不停地抓捞一把把的银行期票，它们在我面前愈堆愈高，我体验到一种难以抑制的满足。

的确，命运之神似乎始终在怂恿着我。这次发生的事好像是天意，不过，这种情形在赌博中也常多次遇到。譬如，“红色”交上了好运，连续出来十次，甚至十五次。前天我就听说，上星期的一天“红色”曾经接连出现二十次，在轮盘赌上都不记得有过这种事，人们说起来都惊讶得很。不用说，谁再也不押“红色”，而且在十次之后都还无人敢于问津。但有经验的老手也许不会押与“红色”相反的“黑色”，老手们都知道有所谓的“机缘难料”之说。譬如，在“红色”连续出来十六次后看来第十七次肯定该出“黑色”了，新手们成群结伙地扑向“黑色”，两倍、三倍地增加赌注，结果往往输得极惨。

但是我由于受到某种奇怪的执拗念头的驱使，在明明看到连续开出七次“红色”之后，偏要跟着它不放。我相信，这一半是出自虚荣心，我想要以自己的疯狂之举来哗众取宠。不过，我也记得很清楚，我忽然被可怕的冒险狂热所征服，这真是一种奇怪的感受，而绝不是屈服于任何虚荣心的挑战。也许，在经过这许多甜酸苦辣之后，心灵并未得到满足，它只是受到刺激，并进而要求愈来愈强烈的感受，直到精疲力竭为止。说老实话，如果章程规定可以一次押五万弗罗林的话，我也会如数掷下。周围人声鼎沸，都嚷道这是发疯，因为“红色”已经出来十四次了！

“*先生，您已赢了十万弗罗林了*。”我身旁一个人对我说。

我猛然清醒过来。什么？这个晚上我赢了十万弗罗林！我要更多的钱有什么用？我急忙抓起种种期票，数也不数就捏成一团，塞进口袋。我收起所有的金币、一沓沓钞票，跑出游艺场。我经过各大厅时，人们看见我塞得鼓鼓的衣袋和由于身上装的金币太重而步履艰难，都哈哈大笑。我估计金币的重量大大超过了半普特。有几只手向我伸来，我随手抓出金币，一把把地分赏给他们。两个犹太人在门口叫住了我。

“您真勇敢！您非常勇敢！”他们对我说，“但明天上午您一定要离开此地，愈早愈好，否则您会统统输掉……”

我没有理睬他们。林荫道上很黑，伸手不见五指。到旅馆有半俄里之遥。我从不怕小偷和强盗，小时候就如此，此刻也没想到他们。我也不记得我一路上都想了些什么，干脆什么想法都没有。我只感觉到某种极度的快乐——由于成功，由于胜利，由于自觉强大而感到的快乐——我自己也不知道该怎样形容。波琳娜的形象在我面前闪现着，我记得，也明确意识到现在是到她那里去，要和她在一起，告诉她，给她看……但我已不大想得起来不久前她刚对我说过的话和我为什么去赌，仅仅一个半小时以前，我那些感受此时此刻都好像成为事过境迁的遥远往事了，我们将再也不会旧话重提，因为现在一切都将重新开始。快到林荫道尽头时，一阵恐怖之感突然向我袭来：“如果现在有人对我谋财害命怎么办？”这恐怖每走一步都倍增。我几乎是跑步了。终于突然大放光明，在林荫道的尽头看见了我们那座灯火辉煌的旅馆大楼，感谢上帝，到了！

我跑步上到自己住的那一层，迅速打开房门。波琳娜依然在，交叉着手臂坐在我的沙发上，面对着闪闪的蜡烛。她惊异地望着我，我当时的表情想必相当奇特。我在她面前停下，把成堆的金钱统统扔到桌子上来。

第十五章

我记得，她紧紧盯着我的脸，一动也不动，连姿势都没有改变。

“我赢了二十万法郎。”我把最后一包钱扔到桌上时喊了出来。整个桌面都被巨大的一堆期票和金币铺满了，我目不转睛地望着它，几分钟内完全忘记了波琳娜的存在。我时而动手把一堆堆的银行期票整理归类，然后叠齐，把所有的金币汇总到一个大堆；时而又扔下这一切在房间里快步地踱来踱去，低头沉思，然后又突然走到桌旁，重又数起钱来。忽然，我似乎如梦初醒，跑到门边，急忙把门插上，转了两下门上的钥匙。然后我在我那口小箱子前站住，沉思起来。

“或者都放到箱子里，等明天再说？”我忽然转过身来问波琳娜，这才猛地想起她来。她一直坐在原来那个地方一动也不动，但紧紧地注视着我的一举一动。她脸上的表情有些奇怪，这表情我可很不喜欢！如果我说，这表情里有憎恨，这话是不会错的。

我快步走到她身边。

“波琳娜，这是二万五千弗罗林，也就是五万法郎，甚至还多一些。您拿去吧，明天拿它们朝他脸上扔过去。”

她没有回答。

“如果您愿意，我自己明天一清早送去。好吗？”

她忽然纵声大笑。她笑了很久。

我望着她，既觉得惊异又感到悲痛。这种笑酷似她不久前经常对我发出的那种嘲笑，每当我做最热情的倾吐时她就这样。她终于停止了笑，并紧皱双眉，用严厉的眼光从侧面打量着我。

“我不拿您的钱。”她轻蔑地说。

“怎么？这是为什么？”我叫道，“波琳娜，为什么呢？”

“我不白白地拿钱。”

“我是作为一个朋友把钱送给您，我连生命都献给您。”

她用试探的眼光看了我很久，好像想用这种眼光把我看穿似的。

“您出的价钱很贵，”她冷笑着说，“德·格里叶的情妇可不值五万法郎。”

“波琳娜，您怎能这样和我说话！”我责备地叫了起来，“难道我是德·格里叶吗？”

“我恨您！是的……是这样！……我不爱您，比不爱德·格里叶更甚。”她叫起来，忽然两眼闪亮了。

这时她忽然双手掩面，开始了一阵歇斯底里的发作。我扑向她身旁。

我懂了，我不在时她一定发生了什么事。她好像完全丧失了理智。

“把我买去吧！想买吗？想吗？和德·格里叶一样，用五万法郎，是吗？”她已不能自持，说着就浑身抽搐，泣不成声了。我把她抱在双臂中，吻她的手、脚，跪在她脚下。

她的歇斯底里平息了。她双手放在我的肩上，仔细地端详着我，似乎想要从我脸上看出什么。她在听我说话，但却好像并没听见我说什么。她脸上显现出心事重重和思绪万千的神情，我为她感到害怕，我觉得她肯定是神智失常了。她忽然无言地偎依着我，脸上浮现出以心相许的微笑，忽然又把我推开，还是用阴沉的眼光凝望着我。

忽然，她又猛地过来拥抱着我。

“你爱我，爱我，是吗？”她说，“你不是……因为我才要和那个男爵决斗，不是吗？”她忽然又哈哈大笑起来，好像突然记起一件亲切而又可笑的事。她一面哭一面又笑，悲喜交加。我又能怎样呢？我自己也好像在寒热病中。我记得她开始对我诉说什么，但几乎全然不明白。她的话像是梦呓，某种喃喃不清的呓语。她好像急于尽快地告诉我些什么，但这呓语又往往被十分高兴的笑打断，这种笑真叫我害怕。“不，不，你是我的亲爱的人，亲爱的！”她重复着说，“你是我可以委身的人！”说完又把双手放在我两肩上，仔细端详着我并继续重复着说，“你爱我吗？……会爱我吗？”我始终注视着她的一举一动，我从未见过她如此狂热地表现出温柔和爱情。当然，这是一种梦幻般的呓语，但是……她发现我热情地望着她时，忽然开始狡黠地微笑，然后又忽然没来由地说起阿斯特列先生来。

不过，她不断地说着阿斯特列先生（特别是在她刚才努力要对我有所倾吐的时候），但究竟说了些什么，我总不能完全抓住。她好像还嘲笑了他，反复地说他在等她……并问我知不知道他现在正站在我们的窗下。“真的，真的，就在窗户下面，你打开窗去看看，看看，他在这里，就在这里！”她推我到窗口去，但我刚要起身，她又笑出声来，于是我又留在她身边，她又紧紧地拥抱着我。

“我们走吧？我们明天就走，不是吗？”这个念头忽然使她不安起来，“嗯……（她又沉思起来），嗯，我们去追上祖母，你觉得怎样？我想我们在柏林能追上她。你想，等我们追上她，她看见我们时，她会怎么说？还有阿斯特列先生呢？……嗯，他是不会从施兰根别格山上跳下去的，像你想做的那样（她大声笑了）。我问你，你知道明年夏天他去哪里吗？他想到北极去进行科学考察，并且要我也跟他去，哈哈哈！他说我们这些俄国人如果没有欧洲人什么也不知道，什么也不会做……不过，他也是个好心人！你知道，他原谅‘将军’，他说，布朗什嘛……这是狂热……唉，算了，我不知道，不知道，”她忽然重复这句话，好像一开始说思路就乱了，“他们都是可怜人，我真可怜他们，也可怜祖母……我还问你，还问你，你怎么能杀死德·格里叶呢？难道、难道你真以为能杀死他？真是个傻瓜！难道你真以为我会让你去和德·格里叶决斗？你连那个男爵都杀不死！”她忽然笑了起来，补充说，“你和男爵闹的时候样子真可笑，我坐在凳子上看你们两个人。我要你去的时候，你当时是多不情愿。我那个时候看着真觉得好笑，真好笑。”她哈哈地笑着说。

她忽然又吻我和拥抱我，热烈而又温柔地把自己的脸紧贴在我的脸上。我已经什么也不想，什么都听不见了。我昏眩了……

我想，我醒过来时是早晨七点钟左右，阳光照进了室内。波琳娜坐在我身旁，奇怪地打量着四周，似乎正从一个暗处走出来，并还在集中精力回忆什么。她也是刚刚醒来，紧紧地盯着桌子和钱。我的头很沉重而且在痛着。我本想拉起波琳娜的手，但她突然把我推开，从沙发上霍然跳起。今天一大早就很阴沉，天亮前下了雨。她走到窗前，打开窗，探出头和上身，双肘支在窗架上，就这样待了约三分钟，既不回过头来看我，也不听我对她说话。我恐怖地想道："现在会怎么样？此事如何了结呢？"她忽然离开窗口，直起身来，走到桌旁，用无限仇恨的表情望着我，双唇由于愤怒而颤抖，并对我说：

"哼，现在把我的五万法郎给我吧！"

"波琳娜，你又来了！"我说。

"你改变主意了吗？哈哈！你大概已经舍不得了吧？"

昨天就数出来的二万五千弗罗林放在桌上，我拿起来给了她。

"这些钱现在是我的了，不是吗？是这样吧？是吧？"她手里拿着钱恶狠狠地问我。

"它们一直都是你的。"我说。

"现在好吧！把你这五万法郎拿去吧！"她用力一扬手，把钱向我扔过来。钱包打痛了我的脸，钱散开来撒满一地。波琳娜把钱扔完之后，跑出了房间。

我知道，此刻她神智当然有些失常，虽然我对她这暂时的失态不能理解。诚然，她在此之前，有一个月的光景，就已经病了。但是造成这种状态，最主要的，促使她做出这种举动的原因究竟是什么？是受伤害的骄傲？还是由于自己竟然决定到我这里来而感到绝望？难道我向她表示出来，我把我的幸福只当作一种虚荣，而事实上和德·格里叶一样，想送她五万法郎然后脱身？但我扪心自问，根本不是这样。我想这多少是由于她本人的虚荣心。她正是出于虚荣心而不肯信赖我，而且还要侮辱我；虽然她自己对这一切也未必清楚。这样一来，我当然是代德·格里叶受过，而且成了无罪的罪人。不错，这一切都只不过是一种谵狂症。我也知道她是处于谵狂之中，并且……没有注意到这一点，这也是事实。可能她现在不能原谅我这一点？是这样的。但这是现在，而当时呢？当时怎样？要知道她的谵狂和病态并未严重到如此程度，以至于全然忘记自己拿着德·格里叶的信到我这里来是一个什么举动；也就是说，她知道自己是在做什么事。

我匆匆忙忙把所有的钞票和一大堆金币胡乱塞进被褥，盖上床单，并在波琳娜走后十分钟走出房间。我满有把握地以为她是跑回旅馆，所以想悄悄到那里并在过道上向保姆问问她的身体情况。但我在楼梯上遇到保姆，她说波琳娜并未回来，她自己正要到我处来找她。这个消息令我十分吃惊。

“她刚才，”我对她说，“刚才从我那里离开，十分钟以前的光景。她可能到哪里去呢？”

保姆用责备的眼光看了我一眼。

这期间出了大事，整个旅馆里都在议论纷纷。司阍室和领班室里人们窃窃私语，说小姐一大早六点钟就冒雨跑出去了，是朝安格列特尔那个方向跑去的。从他们的话语和暗示里我发现，他们已经知道她整个晚上都是在我房间里度过的。不过，关于将军全家现在也都在议论。人人都知道将军昨天发了疯，哭声惊动了全旅馆。还说来的那位祖母是她的母亲，她专程从俄国来此就是为了禁止儿子与德·康敏小姐的婚事，并因为他的违命而剥夺了他的财产继承权，而且由于他确实不孝，伯爵夫人故意让他眼看着她把所有的钱在轮盘上输光，叫他一分钱也得不到。“这些俄国人！”[1]仆役领班愤慨地反复说，直晃着头。其他人都笑了。领班在准备账单。我赢钱的事已经尽人皆知。我这条走廊上的仆人卡尔第一个祝贺我，但我没有心思顾及他们，立刻直奔安格列特尔旅馆而去。

时辰尚早，阿斯特列先生不会客。但知道是我以后他出来

① 原文是德文。

到走廊上，站在我面前，一言不发地用毫无表情的眼光盯着我，等着我开口。我立刻向他打听波琳娜。

“她有病。”阿斯特列先生回答说，仍然紧紧地盯着我，眼睛一动也不动。

“原来她确实是在您这里？”

“是，在我这里。”

“您这是怎么……您打算把她留在这里吗？”

“是，我是这样打算的。”

“阿斯特列先生，这会闹得满城风雨的，这样可不行。再说她完全是个病人。您也许没注意呢？”

“哦，不。我注意到了，并已经对您说了，她有病。她如果不是有病，就不会在您那里过夜的。”

“原来您也知道？”

“我知道这件事。昨天晚上她是到我这里来，我本来要把她领到我一位亲戚那里去，但正因为她有病，走错了，才到了您那里。”

“原来是这样啊！好吧，我祝贺您，阿斯特列先生。对了，您使我想起一件事，昨天晚上是您在我窗下站了一通宵吧？波琳娜小姐整个晚上都要我去开窗看看，看您是不是站在窗下，而且她一直笑得很厉害。”

“是这样吗？不，我并没站在窗下。但我在走廊上等着，一直在附近踱来踱去。”

“要知道，应该给她治病，阿斯特列先生。”

“是的，我已经请了医生。如果她死去，您将要对我就她的死因做出解释。”

我惊奇至极。

“对不起，阿斯特列先生，您这是为什么？”

“您昨天赢了二十万塔勒，这是真的吗？”

“一共只有十万弗罗林。”

“果然如此！这样的话，您今天上午就到巴黎去吧。”

“为什么？”

“所有的俄国人一有钱就都去巴黎。”阿斯特列解释说。他说这句话的声音和语气好像是从一本书里看来的。

“现在是夏天，我在巴黎有什么事可做？阿斯特列先生，我爱她！您自己也知道。”

“真的吗？我认为，您并不爱。而且您如果留在此地，一定会统统输掉，那您就没有钱去巴黎了。再见了，我百分之百地相信，您今天会去巴黎。”

“好吧，再见，不过巴黎我是不去的。阿斯特列先生，您想一想我们的后果吧！总之，将军是……还有波琳娜小姐现在这段故事——这会传得满城风雨的。”

“是的，是会满城风雨。但我想将军不会想这些，他也顾不上。除此之外，波琳娜小姐完全有权在合她自己心意的地方生活。至于说到这个家庭，正确地说，它已不复存在了。”

我一面走，一面暗自嘲笑这个英国人竟如此奇怪地自信，认定我要去巴黎。“可是如果波琳娜小姐死去的话，他还要在决斗时把我打死呢。这可真是麻烦事！”我想道。我起誓，我非常心疼波琳娜，可是说来也怪，自从我昨天触摸到赌台和开始一包包地把钱扫过来的那一刻起，我的爱情似乎退居第二位了。我现在才这样说，当时可没有明确意识到这一点。难道我真是个赌徒？难道我真的……是很奇怪地爱着波琳娜？不，上帝为证，到现在我都爱她！而那时候，当我从阿斯特列先生处回来时，我感到真诚的痛苦和自责。但是……正是在这当口我身上却发生了一段非常奇怪而又愚蠢的故事。

我赶去见将军，忽然离他们房间不远处的一扇房门打开了，有人叫了我一声。这是寡妇康敏太太奉布朗什小姐之命叫我，我走进布朗什小姐的房间。

她们住的套间不大，有两个小间。从卧室里传出了布朗什小姐的叫喊声和笑声，她正起床。

“啊，是他！！你来吧，傻瓜！是真的吗，听说你赢了一大堆金币和银币？我可是宁肯要金币。”

“我是赢了。”我笑着回答。

“多少？”

“十万弗罗林。”

“宝贝，[①]你可真傻。喂，进来，我什么也听不清。我们来痛痛快快地畅饮一番，好吗？”

我进到她的卧室。她懒洋洋地躺在粉红色的缎子被下，露出黝黑的、健康的、令人销魂的肩膀——这种肩膀可只有在梦中才能看见，肩膀上虚披着一件镶着洁白花边的细麻纱衫，与那黝黑的肤色映衬得妙极了。

“孩子，你勇敢吗？”她一看见我就大声说道，并哈哈地笑起来。她一笑起来总是很开心，有时甚至还挺真诚。

“如果是别人……”[②]我仿照高乃依的一句台词说道。

---

① 法语辞典并无“bibi”一词，但有来自英语的“baby”一词，后者与法文的“bébé”同义。

② 这句台词出自高乃依的剧作《熙德》（1636）第一幕第五场中一段有关胆小鬼的对话。

“你看，你看，”她忽然喋喋不休地说了起来，“第一，你帮我找一找袜子，给我穿上鞋；第二，你如果不太傻，我就把你带到巴黎去。你知道，我马上就动身。”

“马上？”

“半小时以后。”

她们的确全部收拾停当了，所有的箱子和她的用品都整整齐齐放在旁边。咖啡早就送来了。

“好极了！你想吗？你将看到巴黎。你倒说说，家庭教师算个什么？你做教师时，可是个十足的笨蛋。我的袜子哪里去了？给我穿鞋呀，快！”

她伸出一只确实迷人的脚，它黝黑、小巧、完美无缺，如同几乎所有这种穿上鞋之后显得特别娇小可爱的脚一样。我嘻嘻地笑了，开始把丝袜套在她的脚上。布朗什小姐自己却坐在床上喋喋不休地说下去。

“如果我带你走，你打算怎么办呢？首先，我要五万法郎。你在法兰克福交给我。我们去巴黎；我们在那里住在一起，我会让你大开眼界的。会见到你在哪儿都没见过的女人。告诉你……”

“等一等，我就这样给你五万法郎，那我自己还剩什么？”

“还有十五万呢，你忘了，除此之外，我还同意在你的房子里住一个月，两个月，说不定！在两个月里我们当然要花掉这十五万法郎。你瞧，我可是个好姑娘，我事先告诉你，你会大开眼界的。”

“什么，两个月内花光？”

“怎么？你居然吓坏了！哼，真是个下等奴隶！你可知道，过一个月这种生活，也强过像这样活一辈子。只要过一个月，我死后哪怕洪水滔天！不过，你是不能理解这一点的！你走吧，走吧，你不配！喂，你还在这里干什么？”

这时我正给她另一只脚穿鞋，我不能自制，吻了它。她抽出脚来，用脚尖来踢打我的脸。后来，她把我赶走。“好吧，我的教师！我等着你，就看你愿意不愿意了。一刻钟以后我动身！”她在我后面喊着。

回到自己的房间里，我已经昏昏然了。难道能怪我吗？是波琳娜小姐把整个钱包扔到我脸上，而且昨天就已舍我而取阿斯特列先生了。有些散开的银行期票仍零零落落地撒在地板上，我把它们拾了起来。正在这时候，旅馆的仆役领班开门进来（他在此之前对我是根本不屑一顾的），问我是否愿意搬到楼下一个高级房间去，不久前某位B伯爵曾在那里下榻。

我站着略略想了片刻。

“拿账单来！”我叫道，“我马上要走，十分钟以后。”我心中暗想道：“去巴黎就去巴黎吧！看来，这是命中注定的！”

一刻钟之后，我们真的三人同坐在一个家庭包厢里了：我、布朗什小姐和寡妇康敏太太。布朗什小姐望着我哈哈地笑个不停，简直到了歇斯底里的程度。寡妇康敏和她一唱一和。但我心中却说不上快乐。生活截成了两半，从昨天起我已如同一个赌徒，惯于把一切都孤注一掷。可能，也的确是如此——我承受了如此之多的金钱，因而昏昏然了。可能，我正需要这样。我觉得，暂时——但只是暂时——布景更换了。“但一个月以后我将重返此地，那时候……那时候我们再较量一番吧，阿斯特列先生！”啊，是的，我现在都记得，当时尽管我和那个蠢女人布朗什笑个不停，但心中无限忧伤。

“你是怎么了？你多蠢！咳，看你有多蠢！”布朗什尖声尖气地叫着说，她中止了笑声，十分认真地责骂起我来，“不错，不错，是这样，我们要把你的二十万法郎花掉，但是，你会享受到一个小小君王般的幸福。我会亲自为你系领带，介绍你认识奥尔唐斯。等我们把钱花完后，你到这里来，再破一次赌庄。那两个犹太人对你说了什么？主要的是要有勇气，而你是不乏勇气的，你还要不止一次到巴黎来给我送钱。至于我，我想要五万法郎的利钱，到时候……”

“将军呢？”我问她。

“将军吗？你自己知道，每天这个时候要去为我买一束鲜花。这次我故意吩咐他去找一种最罕见的花。等这可怜虫回来，小鸟却飞走了。他会追着我们飞来的，我保证。哈，哈，哈！我会很高兴。他在巴黎能给我派上用场，而在这里的费用阿斯特列先生会为他付的……”

那时我就这样到巴黎去了。

第十六章

关于巴黎我能说什么呢？这一切当然都是梦呓和胡闹。在巴黎我一共只住了三星期零几天，在这个时间内我的十万法郎全部花光。我只说十万，其余的十万我全以现金给了布朗什小姐。五万是在法兰克福给的，到巴黎三天后我又给了她五万的期票，但过了一星期她就向我索取了现金："我们剩下的这十万法郎，你和我一起花掉吧，我的教师。"她总是称我为教师。很难想象出世界上会有比布朗什小姐更精于算计、更吝啬和更贪得无厌的人，但这是就她对自己的钱而言。至于我那十万法郎，她后来直截了当地对我宣称，她要用来花在她巴黎的首次亮相上。"现在我已经一劳永逸地站稳脚跟了，从此在相当长时期内谁也不能把我搞垮，至少我已如此做好了安排。"她补充说。不过，这十万法郎我几乎再也没见过。钱总是在她手里，我的钱包里留的钱从不超过一百法郎，总比这个数目少，她每天都要查看一番。

"你要钱有什么用？"有时她会以最天真无邪的表情这样说，我也不和她争论。不过她倒真是用这笔钱把自己的住房修整得非常非常之好，后来她带我到新居，让我看那些房间，并且说："你看，只要会精打细算和趣味高雅，用最微不足道的钱可以做出什么事来。"这个微不足道之数可是整整五万法郎。

其余的五万法郎她用来购置马车、马匹，此外，我们还举办了两次舞会，也就是两次晚会，奥尔唐斯、莉赛特和克莱奥帕特都参加了，那是几个在许多方面都十分出色、风韵颇为不俗的女人。在两次晚会上我都被迫充当十分愚蠢的主人角色，迎接和招呼那些愚蠢不堪的暴发富商、不学无术和恬不知耻的各色中尉军官、可怜巴巴的末等报人和作家。他们身穿时髦衣服，戴淡黄色手套，那副妄自尊大、目空一切的派头，连在我们的彼得堡也是难以想象的，光凭这一点也就够了。他们居然还心血来潮，要拿我来开心。但我喝够了香槟酒就在后室躺下了。我对这一切都厌恶到了极点。布朗什是这样对人说到我的："这是一个家庭教师，他赢了二十万法郎，他没有我就不知道怎么花掉这笔钱。以后他还要去当教师，诸位之中有谁知道哪里有空缺？应该为他想点办法。"我开始常常求助于香槟酒，因为我常忧伤、苦闷至极。我生活在最资产阶级化、最商人气息的环境中，这里每一个苏都要经过反复计算和掂量。最初两星期，布朗什很不喜欢我，我看得出来。虽然她把我打扮得像个花花公子，每天亲自给我系领带，但内心深处对我十分蔑视。我对此全不在意。由于烦闷和沮丧，我常去"花之城堡"饭店，每晚在那里痛饮之后就学跳康康舞（那里这种舞跳得很不像话），后来还居然因此而出名。布朗什终于把我看清楚了。原来她对我多少有这样一个想法：在我们同居期间，我会手拿纸笔、寸步不离地跟她算账，问她花费了多少、私吞了多少，还要花多少、吞多少。她当然以为我们之间会为每十个法郎大动干戈。为了对付她假想中我的进攻，她事先准备好了一条条反驳的理由。但她看见我并无任何进攻，就自己反对起自己来。有时候她反对得极为热烈，但看见我总是闷声不响——我多半躺在卧榻上并且一动也不动地望着天花板——竟然十分惊奇。最初她以为我不过就是愚蠢，“家庭教师”，所以往往说了一半干脆就不说了，心中暗想：“他实在蠢得很，既然他自己不懂，用不着让他开窍。”于是走开，但过了十来分钟又走回来。（这总是在她最疯狂的挥霍无度之后，这种挥霍与我们手头的钱财根本不相称，譬如她用一万六千法郎新换来一对马。）

“嗯，宝贝，你不生气吗？”她走到我身旁说。

“一——点——也——不！你——真——讨——厌！”我用手推开她，这对她来说未免太奇怪了，她立刻在我旁边坐下。

“是这样，我决心付这么多钱，是因为机会难得。要是再卖出去，可以卖两万法郎。”

“我相信，我相信，是两匹很好的马。你现在出门很体面了。

是有用的东西。够了，别再说了。”

“那你生气吗？”

“生什么气呢？你为自己储备一些必需之用，这是很聪明的做法。这些东西你今后都有用场。我知道，你的确需要这样站稳脚跟，否则是赚不了大钱的。我们这十万法郎只不过是开始，大海中的一滴罢了。”

布朗什万没料到我会做这样一番议论（而不是喊叫和斥责！），简直像从空中落到了地上。

“原来你……原来你是这样的人！原来你相当聪明！很明白事理，我的孩子，虽然你只是个家庭教师，可你本该生来做王子的！这么说，你并不可惜我们的钱很快就会光？”

“才不可惜，愈快愈好！”

“可是……你知道……你说，难道你很有钱吗？你知道，你未免太看轻钱了。你说，你今后怎么办呢？”

“今后我去洪堡，再赢他个十万法郎。”

“对，对，这真了不起！我知道，你一定会赢，然后把钱带到这里来。你如果这样，我会真的爱上你的！好吧，既然你是这样一个人，我会永远爱你，绝不会对你做一次亏心事。这一段时间我虽然没有爱你，那是因为我觉得你不过是个家庭教师（是个类似跟班的人，不是吗？）……但我对你还是忠实的。因为我是个好姑娘。”

“呸！你撒谎！你和阿尔贝特，和那个黑皮肤的小军官是怎么回事？你以为我上次没看见？”

“哦，哦，可你……”

“呸！撒谎，你撒谎。不过，你以为我会生气吗？我才不在乎；人年轻的时候才会为这种事发疯。他既然是在我之前，你又爱他，你当然不能把他赶走。不过，你可别给他钱，听见吗？”

“你对这件事也不生气？”她欣喜若狂地叫出声来，“你是个真正的哲学家，知道吗？真正的哲学家！我会爱你的，爱你，等着吧，你会满意的！”

的确。从那以后她对我甚至好像真的有了好感，甚至很友好，我们在一起的最后十天就这样过去了。她所答应过的叫我“大开眼界”固然并没实现，但在某些方面她的确履行了自己的诺言。此外，她介绍我认识了奥尔唐斯，她在某种意义上甚至是极为出色的女人，在我们的圈子里被称为哲学家泰蕾兹[①]

① 她是一部匿名作家写的色情小说中的女主人公。

呢……

不过，关于这一切都不必多费笔墨了。它可以单独成篇，有特殊的色彩，但我不想把它插到这个故事中来。当时的情况是我千方百计巴望那一切都尽快了结。但正如我上面所说，我们那十万法郎几乎一个月才花完，我对此着实感到奇怪。**布朗什**至少用了八万来给她自己购置各种衣物，所以我们的开销绝不会超过二万，但也够了。**布朗什**到最后对我也几乎开诚布公（至少在有些事上不对我撒谎），她对我说，无论如何她所不得不借的债不会落在我头上。她对我说："我可怜你，没让你在各种账单和期票上签字。换上别的女人一定会这样做，把你送进监狱。你看看，你看看，我是多么爱你，我心肠有多好！光这该死的婚礼一项花了我多少钱哪！"

我们确实举办过婚礼。那是在我的一个月生活结束的时候，大概在这上面花去了我十万法郎中所剩下的最后几文。事情就此结束，也就是说，我们那一个月的生活以此告终，以后我就正式退出舞台了。

事情是这样的。我们在巴黎住下一星期后将军来了。他一来就找**布朗什**，而且几乎从第一次拜访起就留在我们这里。不过他在某处还另有自己的住室。**布朗什**高高兴兴、尖声大笑地欢迎他，甚至跑过去拥抱他。到头来她反倒不放他走，并要他处处跟着她——无论是在林荫道上散步还是骑马兜风，是看戏还是访友。将军在这上面能派上用场——他相当有派头而且体面，身材算得上修长，连鬓胡子和髭须都染过（他曾在胸甲骑兵部队中服役），脸上肌肉虽然有些松弛，但还是很漂亮。他有第一流的举止，燕尾服穿得很潇洒。在巴黎他开始佩戴上自己的勋章。和这种人物在林荫道上散步，不仅是可以的，而且，如果可以这样说的话，甚至相当值得。善良而糊涂的将军满意至极，他到巴黎后立即来访问我们时，完全没有指望得到这种礼遇。他当时战战兢兢，唯恐**布朗什**会喊将起来，叫人把他赶走。因此，当事情发生如此转机时，他简直手舞足蹈了，整整一个月都在某种神志不清而又欣喜若狂的状态中度过。我后来离开他时他就是这种样子。关于我们突然离开卢列坚堡后他的详细情况，我是到此地之后才得知的。那天早上他似乎发作了某种病，毫无知觉地跌倒了。此后整整一星期内如同疯子一般，总是喃喃不止地谈话。人们为他治病，但他忽然扔下一切，坐上火车，到巴黎来了。不言而喻，**布朗什**的接待对他来说是最好的良药。不过，虽然他一直兴高采烈，但有病的征兆长时间都保留着。他已完全不能思考，甚至也不能进行多少严肃点的谈话，在这种时候他只能句句话都哼一声“嗯”和点点头，如此而已。他经常笑，但这是一种神经质的、病态的笑，似乎无法止住。有时他又接连几小时紧皱浓眉，坐在那里阴沉着脸，像黑夜一般。许多事情他都记不起来，精神恍惚到了惊人的程度，并有了自言自语的习惯。只有**布朗什**能使他有生气。如果他待在角落里闷声不响、阴郁不欢，这就意味着他很久没看见**布朗什**，或是**布朗什**外出没带他同行，或是在走之前未对他温存一番。在这种时候，他自己也说不出他想要什么，自己也不知道自己在郁郁寡欢。他这样坐上一两个小时（这种情况我见过两次，那时**布朗什**小姐出去了一整天，大概是去阿尔贝特处），忽然开始环顾四周、东转西转，努力想记起什么事，又像是要找寻某个人，但结果什么事也没记起，什么人也没看见，于是重又陷入昏昏然的状态，直到**布朗什**忽然露面为止。这时**布朗什**总是高兴活泼的样子，她脱下衣服，发出响亮的笑声。她跑到他跟前，拉扯着他，甚至还吻他，不过他很少得到这种恩泽。有一次将军见到她时高兴得泪流满面，令我都惊讶不止。

从他在我们这里露面开始，**布朗什**立即在我面前充当他的辩护人。她甚至花言巧语地提醒我，她之所以负心于将军是因为我，她本来几乎是他的未婚妻，对他许诺过；而且正是因为她，将军才背弃了家庭。最后她竟说，既然我曾在他那里供职，应该感觉到这一点，所以我应感到羞耻……我一直沉默不语，她却喋喋不休地没完没了。最后我大笑开来，到此她才住口。起初她以为我是傻瓜，后来则安于认为我是个守规矩的好人。总之，我终于有幸完全赢得了这位体面女子的青睐（布朗什也的确是个心肠极好的姑娘，当然，她有她的好法，我最初可没赏识她这一点）。她后来多次对我说："你是个聪明、善良的人，不过……不过……唯一的遗憾是你太傻了！你是什么也赚不到手的！"

"一个真正的俄国人，一个卡尔梅克人！"她好几次派我去陪将军在街上散步，就像派一个仆人去领哈巴狗溜达一样。我则领他去戏院，上餐馆，逛马比勒舞会。布朗什为这些事总是要给钱的，虽然将军自己有钱，而且特别喜欢在人面前掏出钱包来。有一次我几乎不得不用强力来阻止他买一枚价值七百法郎的胸针，他在帕列罗亚尔珠宝店里看中了这件东西，非要送给布朗什不可。其实,她要一枚值七百法郎的胸针有什么用?而将军自己的钱总共也不到一千法郎。我永远也无从得知他的钱从何而来。我估计是阿斯特列先生给的，正是他为他们付清了欠旅馆的账目。至于将军在此期间如何看待我，我觉得他都没想过我与布朗什之间的关系问题。他固然隐约耳闻我赢了一大笔钱，但大概以为我是布朗什的私人秘书之类的人物，或者可能就是个仆人。至少他对我说起话来还总是和原来一样高高在上，俨然一位长官，有时甚至还要责备我一番。有一天早晨在我们这里喝咖啡时，他让我和布朗什笑得前仰后翻。他本来完全不是个容易生气的人，这次却忽然对我生气了，到底是为什么？我现在都不明白。当然，连他自己也不明白。总之，他语无伦次、颠三倒四地又叫又喊，说我是个毛孩子，他要好好教训教训我……要让我明白……如此等等。但谁都什么也没听懂，布朗什笑个不停。后来终于让他安静下来，人家领他散步去了。我多次发现，他变得悲伤起来，好像因为某个人和某件事而惋惜遗憾，好像在想念什么人，甚至布朗什在场时也是如此。他在这种时刻曾有两次要和我谈话，但总是什么都说不清楚。他回忆自己的公职、亡妻、家业和田庄。有时他想到一个字眼，于是高兴得很，整天重复不下一百次，虽然这个字根本不表示他的感情，也不表示他的思想。我试着和他谈起他的孩子，他总是和原来那样匆匆忙忙地说："对，对！孩子，孩子！你说得对，孩子！"这样敷衍过去，然后赶快转到别的话题。只有一次我们去剧院时，他动了感情，忽然说："唉，他们是不幸的孩子！对，先生，他们是不——幸——的孩子！”后来这个晚上他还重复说了几次：不幸的孩子们！有一次我谈起波琳娜，他竟勃然大怒。“这是个忘恩负义的女人！”他叫着说，“她心肠狠毒，忘恩负义！她使全家都丢了丑！如果这里有法律，我一定要狠狠治治她！是，就是这样！”至于德·格里叶，他一听到这个名字就受不了。“他毁了我，”他说，“他偷光了我的钱财，宰杀了我的性命！整整这两年他对我简直是一场噩梦！接连好几个月我天天晚上都梦见他！这个……这个……哦，永远别对我说他吧！”

我看他和**布朗什**之间似乎在谈论什么事，但我一同往常，缄口不言。是**布朗什**自己先对我宣布的，一星期之后我们就分手了。

她对我喋喋不休地说：“**他很走运**，**祖母**现在确实有病，肯定要死了。阿斯特列先生拍来了电报。你得承认，他终究是她的继承人。即使不是，他也不会坏事。第一，他自己有份养老金；第二，他将住在边房里，而且会很幸福。我将是‘**将军夫人**’。进入上等人的圈子（这是**布朗什**始终梦寐以求的），然后我将成为俄国的女地主，**我将有一座城堡**，**农民**，**到头来也会有我的百万家产的**。”

“嗯，可是如果他吃起醋来，要求你……天晓得他会要求什么？你明白吗？”

“哎，不，不，不，不！他绝不敢！我已准备好了对策，你别担心。我已叫他签了几张付给阿尔贝特的期票。他只要稍微闹点什么，马上就会受到惩罚。再说他也不敢！”

“好吧，那你就嫁给他吧……”

婚礼举办得并未特别铺张，而是家庭式地、不加声张地。邀请的客人中有阿尔贝特和几个亲近的朋友；**奥尔唐斯，克莱奥帕特**及其他一些人均被坚决排除。新郎对自己的地位兴奋异常。布朗什亲自为他系领带、抹发油；他穿上燕尾服和白背心，看上去**非常体面**。

“**不过，他还是很体面的。**”**布朗什**从将军的房间出来后，亲口对我说，似乎将军**非常体面**的想法使她本人都吃了一惊。我是作为一个懒散的观众来参加全部过程，很少去过问详情，因此当时许多情形都忘了。我只记得原来**布朗什**根本不姓**德·康敏**，她母亲也不是**寡妇康敏**，而是姓**杜－普拉塞**，至于为什么她俩在此之前一直姓**德·康敏**，我也不得而知。但将军对此也十分满意，甚至还更喜欢这个姓。举行婚礼的那天，一大早他就衣冠楚楚地在大厅里踱来踱去，表情异常严肃而又神气地自言自语说："布朗什·杜－普拉塞小姐！ 布朗什·杜－普拉塞！布朗什·杜－普拉塞小姐……"脸上露出某种扬扬自得之色。在教堂里，在市长和自己家里的便宴上，他不仅春风满面、兴高采烈，而且还飘飘然起来。这两个人都发生了某种变化。布朗什看上去也特别有身份。

"从今以后我的举止应该完全不同，"她特别郑重其事地说，"可是你瞧，我没想到这么一件叫人讨厌的事——我至今都记不住我现在的俄国姓：扎戈梁斯基，扎戈济安斯基，萨戈－萨戈将军夫人，这些该死的俄国名字，整整有十四个元音！也够开心的，是吗？"

我们终于分手了。布朗什，这个蠢布朗什和我告别时居然淌了眼泪。她悲悲凄凄地说："你是个好孩子！我以为你很蠢，你也装着傻瓜样子，不过，这样子对你很合适。"她已经和我最后握一握手道别了，但忽然叫了一声："等等！"并跑进房间去，三分钟后她出来带给我两张一千法郎的期票。我真不相信会有这种事！"这对你有用处。你可能是个很有学问的教师，可却是个蠢得可怕的人。我决不给你比两千法郎更多的钱，因为你反正会输掉。好了，再见吧！我们将永远是朋友。如果你又赢钱的话，一定到我这里来，你一定会幸福的！"

我自己还剩约五百法郎之数。此外，还有一只价值一千法郎的贵重表，有钻石袖扣和其他一些杂物，这样还可以维持相当长的时间，不必为任何事操心。我故意留在这个小城，好养精蓄锐，而主要的是等阿斯特列先生。我已打听到确切的消息，他将路过此地，并因事做一天一夜的逗留。我将向他了解一切……然后就直接去洪堡。卢列坚堡我是不去了，要去也是明年。真的，据说接连两次在同一张赌台上碰运气不是个好兆头，而在洪堡正好有真正的、名副其实的赌博。

第十七章

已经一年又八个月我没有看这些笔记了，现在，由于悲伤和痛苦，我忽然想自我排解，才偶然又拿出来重读。原来我是在要去洪堡的时候搁笔的。我的上帝！两相比较，我写那最后几行时的心情是多么轻松啊！不，岂止是轻松，而是多么自信，满怀多么不可动摇的希望啊！我当初对自己可曾有过半点怀疑？如今一年半多的时间已经过去，而我的处境在我看来连乞丐都不如！乞丐算什么！行乞又有什么了不起？我硬是毁掉了我自己！不过，几乎没什么可以拿来和我相比，也不必自己教训自己！在这种时刻最荒唐的事莫过于讲道学了！哼，那些心满意足的先生们，那些饶舌家们现在该摆出一副多么骄傲自得的神气来高谈为人处世之道！如果他们知道，我对自己目前处境的可鄙有何等充分的体会，他们是不好意思开口来教训我的。哼，他们能说出什么比我自己知道的更新鲜的东西来呢？何况，这难道是事情的关键所在？只要轮子一转，事情就会全部改观，同样还是这些道学家们会头一批（我对此确信不疑）来向我友好地、戏谑地祝贺。这才是关键所在。人人也不会像现在这样见我就转过脸去。算了，让所有这些人见鬼去吧！我现在算个什么呢？“零”。明天能成什么？明天我可能死而复生，重新开始生活！我还能重新做人，还没有全完呢！

我那时确实上洪堡去了，但……后来又去了卢列坚堡，去了斯巴，还去了巴登。我去巴登是作为金采参赞的侍从去的，此人是个坏蛋，是我原来在此地时的老爷。是的，我当过仆人，当了整整五个月！那是紧接我出狱以后的事。（我在卢列坚堡为一笔债务坐过牢，被一位不知名的人赎保出来。此人是谁？阿斯特列先生？波琳娜？不知道，但偿还了债务，总共二百塔勒，我于是获释了。）那时我有什么去处？只好投奔这位金采了。他是个年轻的浪子，生性懒散，而我会用三种语言说和写。最初我在那里任秘书之类的职务，每月得三十盾，但后来成了名副其实的仆人。他没有钱支付一个秘书的薪俸，因此减少了我的薪俸。我无处可去，就留下来，这样自然而然地成了仆人。我在他那里当差时，省吃俭用，五个月积攒了七十盾。在巴登时，一天晚上我对他宣告要和他分手。当夜我即去赌轮盘赌。啊，我的心跳得多么激烈！不，我并不是视金钱如此珍贵！当时我只想让所有这些金采之流，所有这些旅馆仆役的领班，巴登所有这些雍容华贵的妇人，到明天都说起我，讲述我的故事，对我惊叹、赞赏，并拜倒在我的金钱面前。这都是幻想和打算，不过……谁知道呢？也许如果我遇到了波琳娜，告诉她，她就会看见，我能战胜命运种种荒唐的摆布……啊，我所珍视的绝不是金钱！我相信，我还会把它们掷给一个**布朗什**之类的女人，还会在巴黎生活三星期，出入乘坐价值一万六千法郎一对的良马套的专用马车。我知道，我不是个吝啬的人，我甚至还觉得我挥霍无度。然而当我听着庄家喊出**三十一、红色、单数、超额**或**四、黑色、双数、缺额**时，我是多么战战兢兢、心惊肉跳啊！我如此贪婪地盯着撒满了赌台的路易、盾和塔勒，盯着庄家用耙子耙成一堆堆像火一样闪亮的金币或轮子周围达一俄尺长的一排排银币。当我走近赌场，在相隔两个房间之外就听见金币银币撒落的叮当声时，我几乎都要痉挛发作了。

我把自己这七十盾带到赌台上的那个夜晚也是令人难忘的。我以十盾的赌注，并且还是从**大数**开始。我对**大数**有一种偏爱，但是输了。还剩六十盾银币。我略想了片刻，转而押零，每次下五盾。从第三次开始零忽然出现，我得了一百七十五盾，高兴得几乎晕倒，连赢了十万盾时都未曾如此。我立刻在“**红色**”上押了一百盾，赢了；把二百盾全押在“**红色**”上，又赢了。然后又把所有的四百盾押“**黑色**”，赢了；以八百盾押“**小数**”，赢了。连同原来的赌本，我有了一千七百盾，这都是不到五分钟的事！真的，在这种时刻，是会把以往的一切失败都忘在九霄云外的！这是我冒着比丧失生命更大的危险而得到的，我敢于冒险，所以我又有资格跻身于人的行列了！

我租下一间房间，关起房门数点钞票，一直数到深夜三点。早上一觉醒来，已不是仆人之身了。我决定当日去洪堡，我在那里未当过仆人，也未入过狱。开车前半小时我又去赌了两注，只有两注，却输掉一千五百弗罗林。但我终归还是来了洪堡，至今已一个月了……

我当然一直生活在惊恐不安之中，每次赌的数目都非常小，总是在等待、计算。我整天站在赌台旁观察别人赌，连做梦都梦见赌，同时我又觉得我好像身陷泥潭，身心麻木了。我是根据自己与阿斯特列先生相遇时的感受这样说的。我与他从那时起未曾见过，此次相见是不期而遇。经过是这样的：我在花园里边走边计算，我如今几乎囊空如洗，手中只剩下五十盾，但前天已结清在旅馆的账目。我还有可能去赌最后一次轮盘，如果能多少赢钱，可以继续赌下去；如果输掉，则又要去当仆人，除非能马上找到需要家庭教师的俄国人。我完全沉浸于这些想法中，并像每天散步时那样，穿过公园和林子，步入另一个亲王的领地。我有时会这样一走出去就是三四个钟头，然后又饿又累地回到洪堡。这一次我刚从花园步入公园，忽然看见在一条长凳上坐着的阿斯特列先生，他先看见我，并叫了一声。我在他身旁坐下。但我已看出他身上有某种架子，顿时便收敛了自己的高兴心情，本来我真会对他表现出欣喜若狂的。

“原来您是在此地！我本来就想会见到您，”他对我说，“您不必费神对我讲什么。我知道，我全都知道。您这一年八个月来的生活我都了解。”

“啊！您竟如此关切您的老朋友呢！”我回答说，“您能不忘旧情，这当然是值得嘉许的事……且慢，您使我想起，当我在卢列坚堡因二百盾债务入狱时，莫非是您赎我获释的吗？那时我只知道是一位匿名的人赎了我。”

“不，不是。我并没有为您因二百盾债务在卢列坚堡入狱而付赎金，但我知道您因二百盾债务坐牢的事。”

“这么说，您总知道是谁把我赎出来的？”

“不，我不能说我知道是谁赎出了您。”

“真是怪事。我们俄国人中无人认识我，而且此地的俄国人也未必会赎我出来。只有在我们俄国，正教徒会赎正教徒。我还一直以为是某个古怪的英国人出于怪脾气这么做的呢。”

阿斯特列先生听我说话时流露出几分惊诧的神情。看来，他本来以为我会是垂头丧气、一蹶不振的样子。

“不过，看见您完全保留了您精神上的独立性，甚至还是那样快活，我非常高兴。”他这样说着，但表情却显得相当不快。

“也就是说，您内心为我没有完全垮掉和卑躬屈膝而懊恼万分吧。”我笑着说。

他没有立刻明白我的意思，等明白之后，他笑了。

“我很喜欢您的这番话，从中我看出您还是原来我那位聪明、兴高采烈而又放浪形骸的老朋友。只有俄国人身上能同时拥有如此矛盾的品性。的确，人总是乐于看见自己的好朋友在他面前卑躬屈膝，友谊多半也建立在这种卑躬屈膝上。这是所有聪明人都知道的古老的真理。但现在，我向您保证，我见您没有垂头丧气而感到由衷的高兴。请您告诉我，您打算戒赌吗？”

“唉，见他的鬼去吧！我马上就戒掉，只要……”

“只要马上能赢回来，是吗？我就知道会是这样。您不必往下说，我知道。您这是无意中吐露的，因此，也是真话。请问，除了赌博以外，您什么别的事也不做吗？”

“是，什么也不做……”

他考问起我来。我一无所知，我几乎从来不看报，这一段时间以来没有翻开过一本书。

“您已经麻木不仁了，”他说，“您不仅放弃了生活，放弃了个人的和公共的利益，放弃了作为公民和人的义务，背弃了朋友（而您原是有朋友的），您不仅放弃了除赢钱以外的任何目的，您甚至都放弃了自己的回忆。我还记得您血气方刚、生气勃勃的那个时候，但我确信，您已把当初一切最美好的印象都忘得干干净净了，您现在的全部幻想，您的最最实在的愿望，也不过是**双数**和**单数**、**红色**、**黑色**、十二个中间数字，如此之类而已，我确信如此！”

“够了，阿斯特列先生，请您，请您……不要提起这些事吧，”我心烦意乱地、几乎是恼怒地叫了起来，“告诉您吧，我什么都没有忘记。我只不过是暂时把这一切，甚至包括回忆，都置之脑后，直到我从根本上改变我的处境之日为止。到那时……到那时您将会看见我死而复生的！”

“十年之后您还会留在此地，”他说，“我可以和您打赌，只要我还活着，我还能在这条长凳上和您重新回忆起今天。”

“算了吧，够了，”我不耐烦地打断了他，“为了向您证明，对过去的事我并非如此健忘，请允许我打听一下：波琳娜小姐现在哪里？如果不是您出赎金保了我，那么肯定就是她。从那时起我对她音信全无了。”

“不，才不是！我不认为是她赎了您。她现在在瑞士，如果您不再向我问起波琳娜小姐，将是您对我的一大恩惠。”他坚决地，甚至气愤地说。

“这么说来，连您也被她伤得很厉害了！”我不由自主地笑了。

“波琳娜小姐是一切最值得尊敬的人中最美好的一个。但我要对您再说一遍，您如果不再向我问起她来，将是对我的一大恩惠。您从来不了解她，并且我认为从您口中说出她的名字是对我的道德感情的侮辱。”

“原来如此！可是您这话不对；除了她以外，我们之间又有什么可谈呢？我们的一切回忆都和她有关。不过，您不必担心，我不需要知道你们的任何隐私和内情……我感兴趣的只是波琳娜小姐目前的表面情况，纯粹表面的情况。这只要一两句话就能说清楚。”

“好吧，不过就以这一两句话为限。波琳娜小姐病了很久，现在仍在病中。她曾经和我母亲、妹妹在英国北部小住。半年以前，她的祖母，您记得吧，就是那个疯女人，死了，留给她七千镑财产。现在波琳娜小姐和我已经出嫁的妹妹一家在旅行。她弟弟和妹妹也由于祖母的遗嘱而得到保障，现在在伦敦读书。将军，她的继父，一个月以前在巴黎中风死去。布朗什小姐待他很好，不过她把他从祖母那里得来的一切都转到了自己名下……好像就是这些了。”

“德·格里叶呢？他是否也在瑞士旅行？”

“不，德·格里叶不在瑞士旅行。我也不知他在哪里。此外，我再一次，也是最后一次提醒您，请您不要做类似的旁敲侧击和不高尚的对比，否则，您我之间会发生纠纷的。”

“什么？就连我们之间原来的友谊也不顾了吗？”

“是的，不顾。”

“那我向您赔一千个不是了，阿斯特列先生。不过，恕我冒昧，这里并无任何屈辱和不高尚之处；我对波琳娜小姐丝毫没有怪罪的意思。再说，一个法国人和一位俄国小姐，一般说来，阿斯特列先生，这种配比，是非你我所能解决或彻底弄懂的。”

“如果您不把德·格里叶的名字和另外一个名字并提，我倒想请您解释，您这‘一个法国人和一位俄国小姐’的说法是指什么？这种‘配比’是怎么回事？为什么正好是一个法国人，而又一定是一位俄国小姐呢？”

“看，您到底也感兴趣了。不过，阿斯特列先生，这可说来话长，需要先了解许多东西。不过，这个问题虽然乍看起来相当可笑，但却十分重要。阿斯特列先生，一个法国人——这是一个完整的、漂亮的形式。您作为一个英国人，可以不同意这一点；我作为一个俄国人，即便是出于忌妒心吧，也不同意这一点。但我们的小姐们却可能持另一种意见。您可能认为拉辛[①]是装腔作势、奇形怪状和油头粉面的人，而他的作品您大概连读都不愿读。我也觉得他装腔作势、奇形怪状和油头粉面，从某一个观点看，甚至滑稽可笑。但是，阿斯特列先生，他还是有他的妙处，而且主要的，不管你我愿意与否，他都是个伟大的诗人。法国人，也就是巴黎人的民族形式，在我们还是半熊半人状态的时候就已经精雅备至了。革命继承了贵族的遗产。现在一个最最庸俗不堪的法国人都可能具有外表极为精雅的风度、举止、谈吐，甚至思想，虽然无论就其主动性、就其灵魂和心灵而言，他都与这一外表毫不相干。这一切他们都是得之于祖传。不言而喻，他们事实上可能是最最空虚、无聊的人。但是，阿斯特列先生，我现在要告诉您，世界上再没有人比一个善良、聪明和不过分装腔作势的俄国少女更轻信和更坦率了。经过一番乔装打扮出来充当某种角色的德·格里叶赢得这种少女的心是轻而易举的。他有精雅的外表，阿斯特列先生，而少

① 拉辛（1639—1699），法国古典主义悲剧作家。古典主义有严格的规范和法则，所以说他“装腔作势”等。

女则把这个外表当成了他的灵魂，当成他的灵魂和内心的自然的表现形式，而不是把它看成得自祖传的外衣。您一定十分不愉快，但我应当对您直说，英国人大多数都举止生硬，缺乏风雅，而俄国人对美十分敏感，并且都趋之若狂。但要能识别心灵的美和个性的不同凡俗，却需要比俄国女人，尤其是比俄国的小姐们更加独立和更加自由得多得多，至少也要更有经验才行。可波琳娜小姐呢？——请原谅我，话已出口，无法收回了——她需要很长时间，才能做出决断，抛开德·格里叶这个卑鄙之徒而取您。她会赏识您，成为您的朋友，向您敞开全部心怀，但在这颗心中占统治地位的总还是那个可恶的坏蛋，卑鄙而渺小的高利贷者德·格里叶。即便是仅仅出于固执和自尊心都会如此。因为不久以前，这个德·格里叶在她心中是一位风度翩翩的侯爵，心灰意懒的自由主义者，虽然已经破产（似乎如此），却乐于资助她的家庭和轻浮的将军。所有这些花招后来才被揭穿，但揭穿也没什么。您现在还是给她一个原来的德·格里叶吧！这才是她所需要的。她愈是憎恨眼前的德·格里叶，就愈是思念原来那个，尽管原来的那个德·格里叶只不过存在于她的想象中罢了。您是制糖商吧，阿斯特列先生？”

“对，我在著名的洛维康勃制糖公司中有股份。”

“您瞧，阿斯特列先生，您一方面是制糖商，另一方面又是阿波罗·别维杰尔斯基，这二者之间可不大协调。而我呢？连制糖商都不是，只不过是轮盘赌场里的小赌徒，甚至还当过仆人。大概波琳娜小姐也知道，因为她好像有很能干的耳目呢。”

“您现在满腔怨恨，所以才说出这一番胡言乱语，”阿斯特列先生想了片刻之后冷静地说，“除此之外，您的话里也毫无独到的新意。”

“我同意！不过，我的高尚的朋友，我的一切指责无论多么陈旧，多么无聊，多么滑稽可笑，但终究是真理！你我二人之间终究也未能得到什么结果！”

“这是卑鄙的胡说……因为，因为……我告诉您吧！”阿斯特列先生声音颤抖、两眼闪着亮光说，“我告诉您吧，您这个忘恩负义和不识抬举、渺小而又不幸的人，我是受她之托而专门来洪堡的，来的目的就是要见到您，和您做一次诚恳的长谈，然后把您的一切转告给她，您的感情、思想、希望和……回忆！”

“真的！真的吗？”我失声喊了出来，而且泪如泉涌。我怎么也不能止住自己的眼泪，这好像是我一生中唯一的一次。

“真的，不幸的人，她爱过您，我可以对您透露这一点，因为您反正是个不可救药的人了！不仅如此，即使我告诉您她至今都还爱着您，您照样也还是会留在此地！是的，您毁掉了自己。您颇有才能，性格活泼，品性也不坏。您本来甚至还能有益于您的祖国，祖国是非常需要人才的，但您会留在此地，您的一生也因此断送。我不责备您。在我看来，所有的俄国人都是如此，或者是乐于如此。如果不是沉溺于轮盘赌，就是其他某种类似的东西，极少有例外的情形。到如今您都还是个正派人，所以宁肯去做仆人，而不愿行窃……但我不敢设想，将来会是什么结局。够了，再见吧！您当然需要钱吧？这是我给您的十路易，更多我也不给，因为您反正会拿去输掉的。收下，再见吧！请收下呀！”

“不，阿斯特列先生，在您说了这一番话之后……”

“拿——去——吧！”他喊道，“我相信您还是个高尚的人，对您的赠予也是把您作为一个真正的朋友。如果我能有把握，您现在能立刻抛弃赌博、抛弃洪堡而回到您的祖国去，我愿意立刻给您一千镑作为您进行新事业的开始。但正因为现在对您来说，一千镑也罢，十路易也罢，反正都一样要输掉，所以我不给您一千镑，只给十路易。收下，再见吧。”

“您若是愿意以拥抱来告别，我就收下。”

“啊，我很高兴这样做！”

我们真诚地相互拥抱，阿斯特列先生走了。

不，他的话是错的！如果我说波琳娜和德·格里叶的话尖刻而愚蠢，那他对俄国人的断语未免同样尖刻和仓促。我并不是说我自己。不过……不过，如今这一切都没有意义。这都是一派空话而已，而现在需要的是行动！现在最主要是行动！现在最主要是瑞士！明天就去，啊，如果能明天就动身的话！重新振作和再生。要向他们证明……让波琳娜也知道，我还能成为一个人。只要……不过，现在已经晚了，可是明天……啊，我有一个预感，肯定会是这样！我现在有十五路易，而我曾经从十五盾开始呢！如果小心翼翼地开始……难道、难道我真是个三岁小孩子不成？难道我自己不知道我已是不可救药的人吗？但是，为什么我就不能死而复生？对！人生中只要有一次能精打细算和耐心等待——就会有一切！只要有一次沉住气，我就能在一小时之内扭转我的命运！关键是要沉住气。只要回想一下七个月以前我在卢列坚堡那次彻底输光以前遇到的类似情景就行了。啊，那是一次要有决心的好例子。我那时全都输光了，全输光了……我走出游艺场，一看，背心口袋里还有一个盾。我想：“这么说，还有钱吃顿午饭！”但走了一百步，改变了主意，又回去了。我把这个盾押在小数上（那次是押的小数），的确，真是把最后一个盾押在赌台上！我赢了，二十分钟后我走出游艺场时口袋里有了一百七十盾。这是事实！这就是最后一个盾有时所起的作用！如果我那时灰心丧气不敢毅然一掷，又会如何呢？……

明天，一切都将在明天了结！